不可思議よりも愛でしょう！

YOU
HIZAKI
火崎　勇

CHOCOLAT
BUNKO

ILLUSTRATION あじみね朔生

CONTENTS

空には、星があった。

月は無かったけれど、公園の街灯が明るく、ベンチに座る俺を照らしていた。

アパートの近くの大きな公園。

入り口付近は広くて綺麗《きれい》な公衆トイレがあり、ベンチや小さな子供が使う遊具と砂場がある開けた場所。

けれど奥に進むと一面だけのテニスコートと鯉《こい》が泳ぐ池があり、その池に突き出すように作られた東屋《あずまや》がある。

昼間は、それぞれを使う人々、入り口には子連れの母親達、テニスコートに若者、池の東屋にはウォーキングに疲れて休憩するお年寄りなどが集まってくるが、夜はその人々が全ていなくなり、広さ故《ゆえ》にひっそりとした場所となる。

この公園があってよかった。

アパートの狭《せま》い部屋に一人で閉じこもっていたくないとは思いつつも、どこかへ行くお金はない。ファストフードでコーヒー一杯を頼む余裕もないのだ。

ベンチに座って道路を眺《なが》めていると、こんな時間なのに塾《じゅく》帰りの子供が数人で声を上げながらチャリンコで走り去って行く。

塾か……。

俺には縁のない場所だったな。

頭は悪くなかったと思う。よくはないけど、普通だった。

勉強も苦手意識はあったけど、嫌いではなかった。

塾に行くことがなかったのは、俺の家が貧乏《びんぼう》だったからだ。

高校に行かせてもらえたことすら、奇跡に近かった。

人生には、何度かピンチが訪れる。

けれど大抵の人は、『明日からどうやって生きていこう』とまで考えなければならないピンチなど、一生に一度か二度訪れる程度だろう。

中には、そんなピンチなど味わったことはない。一度味わってみたいものだという人間だっているはずだ。

だが、俺はもう何度も人生のピンチを味わっていた。

最初に『自分はどうなるんだろう』と感じたのは、小学校に入った頃だ。

ある朝目覚めると、父親がこう言った。

「光毅《こうき》、母さん出てっちゃったよ」

俺の父親のことを周囲に訊くと、ほとんどの人が……、いや、全ての人が『あいつはロクデナシだから』と言うだろう。

実際、働かない、ギャンブル好き、酒好きとダメ男の必要条件を満たしていた。犯罪に手を染めなかったのは、ただ単に小心者だったからだ。

けれど、父さんを『ロクデナシだから』と言った人のほとんどが、こうも付け加えるだろう。『でも憎めないんだよな』と。

両親は恋愛結婚で、子供の目から見ても、まあまあの夫婦仲だと思っていた。

ケンカもしたけれど、すぐ仲直りしたし、俺を連れて三人で飲みに行ったり、遊びに行ったりもしていた。

子供を居酒屋に連れて行くこと自体、あまりいい親とは言えないのかもしれないが、俺にとってはそれもひとつのイベントで、楽しいことだった。

けれど、ロクデナシの父親は、浮気をしたのだ。

母親がいなくなる前日、見知らぬ女性と母親が父の前で大ゲンカしているのを見た。

あの頃はよくわからなくて、ただおっかないだけだったけれど、きっとあれが浮気相手の女性だったのだろう。

つまり、自分だけを愛してくれてるなら多少のことには目を瞑《つぶ》ってきたけれど、他に女を作るならもう我慢《がまん》ができないってところか。

父親が、何もできない人なのはよくわかっていた。

だから、母親がいなくなったら自分はどうなるのか、不安だった。

実際、食事はインスタントばかり。それも時々は買いおきがなくなる。服は洗濯もされず、真っ黒になるまでそのまま。サイズが合わなくなったり、破れたりしてからやっと新しいのを買い与えられる。

学校に払う給食費も、父さんに収入があった時にちゃんと別分けにしておいてくれるのだが、支払いの前にそれを持ち出して使ってしまう。

友人達から小金を借りることも多く、友達だという人達に頭を下げる姿は何度も見た。暴力を振るわれたことはなかったが、忘れられることはあった。

もしも、父親がこのまま帰って来なかったら、死んじゃうのかな、と思うことは何度もあった。

その状況から救ってくれたのは、父の母。お祖母《ばあ》ちゃんだ。

俺が汚く痩《や》せこけてゆくのを見て、小学校の先生が祖母を探して連絡を入れてくれたのだ。

お祖母ちゃんは息子のグータラさに呆《あき》れて縁を切っていたが、孫は可愛《かわい》いと思ってくれたらしい。

父親に会って、こんこんと説教して、俺を引き取ることを決めてくれた。

お祖母ちゃんは、口は悪いが優しい人だった。

俺はここで清潔なものを身に付け、ちゃんとした食事を与えられた。

けれどそのお祖母ちゃんは、俺が中学を卒業する寸前に、交通事故で亡くなった。

お祖母ちゃんも裕福な人ではなかったが、事故の過失は相手側にあり、まとまった額の補償金と、それに比べると少額だったが保険金が手に入った。

そのお金のお陰で、俺は高校に上がることもできた。

けれど、未成年だった俺を心配してくれた近所の人達が、父親に連絡を取り、再び父との暮らしが始まると、また不安な日々が始まったのだ。

父さんは、前に住んでいたアパートを追い出され、俺がお祖母ちゃんと暮らしていたアパートに転がりこんで来た。

俺の方は、さすがに高校生になっていたので、洗濯も料理も自分でできるようになっていた。だが、父さんの方はだらしないところがそのままで、俺の面倒を見るために父親が来たというより、俺が父親の世話を焼くという生活。

まあ、世話を焼くと言っても、俺が作っておいた料理を父親が勝手に食べるとか、洗濯物が出されていれば一緒に洗ってやるという程度だけど。

その頃、俺は反抗期だったので、身勝手な父親に少し腹を立てていたから、会話などはほとんどなかった。

時折土産《みやげ》などを買ってきてくれたのは、ご機嫌取りという意味もあったのだろう。

それでも、家に戻れば誰かがいるという日々は悪いものじゃなかった。

ロクデナシだけど、俺に愛情を向けてはくれていたし。

競馬で儲《もう》かると、今流行《りゅうこう》の服とかバッグとかを土産に持って帰ってきたりもしていた。

けれど……。

父さんはある日姿を消した。

俺の貯金通帳と共に。

高校の学費は嫌な予感がしていたので、予《あらかじ》め全額払い込んでいたが、生活費はなくなってしまった。

アパートの家賃、光熱費に食費。

人生三度目のピンチだ。

母さんがいなくなった後は、お祖母ちゃんがいた。お祖母ちゃんが亡くなった時には、父さんが帰ってきた。

だが今度は、自分より目上の者が誰もいない。

今思い返しても、あの時は辛《つら》かった。

もしかして、未成年の自分は施設に入れられるんじゃないだろうか？　そうしたら高校にも行けなくなるのじゃないか。

けれど、捨てる神あれば拾う神あり、だ。

お祖母ちゃんの友人だった同じアパートに住む安井のおばあちゃんが、俺の面倒を見てくれるようになったのだ。

高校にも事情を話し、アルバイトの許可も貰《もら》えた。

安井のおばあちゃんが息子さんのところに引っ越すまで、食事や洗濯の世話、高校を卒業して働きに出た時の保証人など、たくさんお世話になった。

だが、四度目のピンチは長く住んでいたそのアパートが、老朽化《ろうきゅうか》を理由に取り壊しが決まった時だった。

でもその時も、大家《おおや》さんが、どんなところでもいいならと今のアパートを紹介してくれて、何とか無事に乗り越えた。

世間は冷たいなんて言うけど、そうは思わない。少なくとも俺は周囲の人間に助けられながら生きてきたのだと思う。

父さんが亡くなった時もそうだった。

さんざん好き勝手生きて、さんざん迷惑をかけた父が、ケンカに巻き込まれて亡くなったと知らせが来たのは、三カ月前のことだった。

ショックだった。

迷惑はかけられたけれど、どこかで父親が元気にやっている。

自分には家族と呼べる人がどこかにいる。

ただそれだけのことがどれだけ自分を支えていたのかを知った。

父さんが亡くなっただけでもショックだったのに、続いてやってきた知らせは更にショックだった。

何と、父さんが借金の保証人になって、俺には一千万の借金が残されてしまったのだ。

警察から連絡、遺体の引き取り、葬式。

まともにものが考えられなかった時に訪れた黒いスーツの男の人。

『吉永《よしなが》光毅さん？　お宅のお父さんのことでちょっとお話があるんですが』

あの時はビビッたな……。

もう絶対ヤクザが来たのだと思った。

実際は、お葬式だから黒いスーツだっただけだったんだけど。

そのまま連れて行かれた金融会社で、俺は父親の借金の話を聞かされた。

あまりいいことのなかった自分の人生で、あれはベストテンに入るくらい『いいこと』だったと思う。

父親に借金があったことじゃない。

そこで竹垣《たけがき》さんに会えたことが、だ。

「竹垣さん……」

俺は金融会社の社長である竹垣さんの顔を思い出して深いため息をついた。

ああ、竹垣さんに何て言えばいいんだろう。

肩にドンと重いものがのしかかったように、俺は背中を丸めた。

「今、お金が手に入るなら、何でもするのに」

もちろん、合法なら、だけど。

またも訪れた人生のピンチ。

それは勤めていた会社の倒産だった。

つまり、俺は金が無くて困っているのだ。

竹垣さんの会社で父さんの借金の説明を受けた後、俺は選択を迫られた。

一つは父親の借金を引き継いで、俺が借金を支払うこと。もう一つは財産放棄して逃げ出すこと。

俺はこの時初めて借金が遺産として相続されるものだと知った。

『君に責任があるわけじゃないから、放棄してもいいんだよ。その手続きも、こちらでやってもいい』

見かけはカッコいいヤクザみたいだったけれど、脅したり騙《だま》したりすることなく、竹垣さんはそう言ってくれた。

その時、俺は彼に心惹《ひ》かれてしまったのだ。

俺が人生で困ったことが起こった時、助けてくれたのはいつも女性だった。

お祖母ちゃんも、安井さんも、学校の先生も。

自分にとって一番身近な大人の男性は父親で、とてもじゃないけど俺を助けてくれる人ではなかった。

だからだろう。

俺は竹垣さんに憧《あこが》れというか、尊敬というか……、とにかく、この人が好きだなと思ってしまったのだ。

たとえ借金でも、父さんが俺に残したものなら、俺が継ぎますと言った時から親身になって世話をしてくれたあの人に、好かれたいと思ってしまった。

ファザコン、なのかな？

大人の男の人に優しくされることに対して免疫《めんえき》がなかったのかも。

だから、頑張《がんば》って働いた。

なのに、会社が倒産……。

生活費もそうだけど、借金の返済ができなければ竹垣さんに嫌われてしまうというのも、心を重くしていた。

少額ながらもコツコツ頑張って返済するのが偉いと褒《ほ》めてくれて、家が近いからと何度も足を運んでくれては目をかけてくれていたあの人に、迷惑をかけてしまう。

きっと呆《あき》れられるに違いない。

「……どうしよう」

何も考えられず、ただため息をつくばかり。

「だから、ちゃんと金は払ったであろう」

「そういう問題じゃないんだよ」

何度目かの長いため息が俺の口から零《こぼ》れた時、近くで言い争うような声が聞こえた。

ふっ、と目を上げると、公園の前の道路にタクシーが停まっていて、運転手と客がもめているようだ。

でも、客の方の姿はよく見えない。

具合が悪くなってしゃがんでいるのだろうか？

俺はベンチから立ち上がり、何げなく声の方へ近づいた。

「おじさんと一緒に警察へ行こう」

「金を払ったのに、何が不満なのだ」

「そのお金が問題なんだよ。そんな大金、どうしたんだ。親の金でも盗《ぬす》んできたんじゃないのか？」

「これは我《われ》の金だ」

「坊や幾つだい？　こんな時間にこんなところへ何の用なんだ」

坊や？　子供？

「ここで待ち合わせなのだから、放っておいてくれ」

「嘘《うそ》つけ、待ち合わせなんて言ったって、誰もいないじゃないか」

公園の出口まできてひょいっと顔を出すと、白っぽいシャツを着た五、六歳ぐらいの男の子の手を、タクシーの運転手らしい男が掴んで引っ張っている。

これって、何かマズイことなんじゃないか？

「あの……」

思わず声をかけると、二人は同時に俺を振り向いた。

タクシーの運転手は、日焼けした中年のおじさんだが、男の子の方は……。日本人？

黒髪だけど、夜目に浮かぶ白い肌、街灯の光を受けて一瞬光ったように見えた瞳《ひとみ》、整った顔立ちは彫が深く、表情もどこか大人びて見える。

「お兄ちゃん！」

目が合うと、少年はそう叫んで運転手の手を振り払って俺に向かって突進してきた。

「あのおじさんがオレを誘拐《ゆうかい》しようとする。オレ、お兄ちゃんと待ち合わせしてるってちゃんと言ったのに」

「……え？　え？」

お兄ちゃん？　待ち合わせ？

「……何だ、本当に大人がいたのか。別に誘拐じゃないぞ、子供が夜中に一人で長距離乗車なんかするから、おかしいと思っただけだからな。家出かと思って警察連れてこうとしただけなんだ」

何も言っていないのに、後ろめたかったのか、運転手は言い訳しながらすごすごと車に戻り、すぐに発進させてしまった。

エンジン音が遠ざかり、しがみついていた少年は手を放し、その後ろ姿を見送る。

「えっと……。人間違いかな？　誰かと待ち合わせしてたの？」

話しかけると、少年は顔を上げてこちらを見た。

やっぱり、大人びた綺麗《きれい》な顔立ちをしている。

でも、ぷっくりとして突《つつ》きたくなるような頬は、子供のそれだ。

「待ち合わせなどしておらん」

……『おらん』って、ずいぶん古風《こふう》な話し方だな。

「あの運転手がうるさいので、面倒だから助けてもらっただけだ。お前はとてもいい匂《にお》いだな」

「匂い？」

このTシャツはもう三日も続けて着てるから、『匂い』と言われるとドキッとする。

「うむ、助けてもらったのだから、それなりの礼をしなければな」

「え？　あ、いいよ。そんなの」

顔立ちだけじゃなく、妙に態度も大人びてるな。よく、年寄りの間で育つと、こういう喋《しゃべ》り方をするっていうけど、そういう子なのか？

俺が突っ立ってると、少年は目の前の自動販売機へ向かい、その明かりを見上げた。

「これは自動販売機というのだろう？　どうやって使うのだ？」

自動販売機、知らないのか？

「コーンスープ？　何故《なぜ》コーヒーの種類がこんなにあるのだ？　水まで売ってるのか」

彼は、興奮した様子で自動販売機の前をうろうろとした。よほど珍《めずら》しいのか、一つ一つを吟味《ぎんみ》している。

「どれが一番おいしい？　我は甘いものが好みなのだが、どれが甘い？　コーンスープも甘いのか？」

何か可愛いな。

「スープは甘くないよ。甘いのがいいなら、ココアかジュースがいいんじゃないかな」

背後から近寄り、ココアを指さす。

「これが一番甘いと思うよ」

「うむ、ではお前は？」

「俺？　俺はいいよ」

「助けてもらった礼だ。遠慮するな。選ばぬなら我が決めるぞ。このゴールドコーヒーとかいうものでいいか？　金色のコーヒーなど、見たことがない」

「いや、コーヒーが金色なんじゃなくて……」

言ってる間に小さな指がボタンを押し、ココアとコーヒーを買うと、コーヒーの方を俺の手に押し付けた。

「ほら」

「あ、ありがとう……」

彼は俺をそこに置き去りにし、スタスタと公園の中に入ると、さっきまで俺が座っていたベンチに腰を下ろした。

「おい。お前もここへ来て座れ。どうやらここいらでは子供が一人で歩いているとうるさいらしい」

言われなくても、こんな時間に子供を一人で放ってはおけない。

慌てて駆け寄り、俺も隣へ座った。

「ん、やっぱり甘いものはいいな」

「君、どこか連絡先は覚えてる？　お兄さん、携帯電話持ってるから使ってもいいよ？」

来月になれば料金が払えないから使えなくなってしまうが、今ならまだ使えるスマホを取り出す。

けれど少年はちらりとこちらに目を向けただけで、ココアを飲み続けた。

小さい子ってあまり周囲にいないけど、可愛いなあ。

手とか足とか、みんな小さくて。人形みたいなのに、ちゃんと大人と同じに動くんだな、なんて変なことを感心してしまう。

おっと、いけない。

今は子供を観賞してる時じゃない。この子が可愛いなら、ちゃんと安全なところへ送り届けることを考えないと。

「待ち合わせって嘘なの？　でも知り合いの大人の人はいるんだろ？　何か理由があるならお兄さんが聞いてあげるよ？」

「お前こそ、こんな時間に何をしてる。誰かと待ち合わせではないのか？」

「俺は一人だよ。ずっとこれからもね」

口にしてしまうと胸が詰まる。

そうだよな。他人の心配なんかしてる余裕はないんだよな。

でも誰かに優しくできれば、自分の心の重苦しさが軽くなる気がして、俺は鼻をすすって込み上げてくるものを我慢すると、笑顔を作った。

「ひょっとして親とケンカしちゃったの？」

「親は亡くなった。とうの昔にな」

それは……。

「じゃ、伯父さんとか伯母さんとか。お祖父《じい》ちゃんとか、君の面倒を見てくれてる人がいるだろう？」

「実の祖父ではないが、一緒に暮らしていた老人はいた。だが、亡くなったのでな、新しい住処《すみか》を探しておるのだ」

俺と一緒。

しかもこんなに小さいのに。

だから強がってこんな態度なんだろうか。悲しいのを吹き飛ばすための強がりとか。

なんて健気《けなげ》なんだろう。

「信じるのか？」

俺が黙り込むと、少年は意外という顔をしてこちらを見た。

「嘘なのか？」

「真実だ。だが言ってすぐに信じる者は珍しい。大抵は、バカなことを言ってないで本当のことを言いなさいと言うのではないのか？　ここへ来るまでの間、何度もそう言われたぞ」

「そんな風に言うのは、まだ家族を喪《うしな》ったことがない人だよ。自分も経験すれば、世の中にそう珍しい出来事じゃないんだって気がつくもんさ」

「ではお前は家族を亡くしたのか」

「うん」

彼が大人な口調なので、ついまともに相手をしてしまう。

心が弱ってるせいかも。これじゃ、どっちが子供だかわからないな。

「では、今は一人暮らしか？」

「まあね。でも君はまだ小さいから、一人暮らしってわけじゃないだろ？　行く当てがあるから、ここでタクシー降りたんじゃないの？」

「当てがあったわけではない。運転手が色々うるさくなってきたからだ。だが悪い決断ではなかった」

にやり、と少年が笑う。

「お前のところへ行く」

「は？」

「こんな時間に子供を放っておくタイプではないだろう？　取り敢《あ》えず、今夜一晩お前のところへ泊めろ」

「いや、そういう意味じゃなく、君の行くところへ送ってくって……」

「行き先はお前の家だ」

彼は自信たっぷりに言って胸を張った。

「君、あのねぇ」

「アルト、だ。名を呼べ、許す。お前の名前は？」

「俺は吉永だけど……、そうじゃなくて」

「では家はどこだ？　案ずるな、宿賃ぐらいは出してやる」

俺は……、バカだ。

浅ましいバカだ。

子供のことを思うなら、ちゃんと警察へ連れてって保護してもらうべきなのに、その時アルト少年がポケットから取り出した万札に目が眩《くら》んで、身体が固まった。

「ふむ、金銭に興味があるか」

こんな状況でなければ、お金に目が眩んだりしない。

……しなかったと思う。

でも、今はお金が欲しかった。

子供からお金を巻き上げるほど悪人ではない。

けれど、こんな夜遅くに警察に連れてっても、おまわりさんだって困るだろうし、今夜一晩だけ泊めてやって、明日警察に連れて行けば問題はないはずだ。宿を提供してやるなら、少しぐらいの報酬を受け取っても罪ではないはずだ。という言い訳を頭の中でしてしまった。

「……今夜一晩だけなら、泊めてあげてもいいよ。でも、明日は、ちゃんと一緒に大人の人のところへ行くんだよ？　でなきゃ警察へ連れてくからな」

「家はどっちだ？　こっちか？」

　人の話を聞いているのかいないのか、アルトは飲みかけのココアの缶を手にベンチからポンッと飛び降りると、公園の出口へ向かって歩きだした。

　その後ろ姿は、子供のものとは思えないほど堂々として、夜中に知らない人に付いて行くという不安など全く感じなかった。

「……変な子供」

　これが俺とアルトの出会いだった。


　俺の住むアパートは、広い庭の隅っこに建っている、木造二階建の古いものだ。住んでいるのは俺だけ。

　造園業をしている大家さんが、その昔植木畑の端に空き地ができたので勤め人のために建てたアパートだ。

　けれど、今時はこんな古いアパートに住みたがる人はおらず、かと言って取り壊すにはお金がかかる。でも人が住まないと家が傷《いた》む。

ということで、俺の面倒を見てくれた安井のおばあちゃんの茶飲み友達だという大家さんの奥さんが、格安の家賃でいい代わりに、アパートのメンテナンスをするという約束で俺を住まわせてくれている。

古い建物だから音は響くけれど、上下二つずつある部屋には誰もいないから、気にする必要はない。

しかも、古いから、畳《たたみ》が昔の畳で、六畳間でも今時《いまどき》のアパートより広い。造園で汚れた身体をいつでも洗い流せるようにお風呂も付いている。

トイレは別で、和式だったのを俺が入ることになってから、洋式に直してくれた。

一階は、時々大家さんのお客さんが来た時に客用寝室として使われることもあるので、その時はおとなしくしていなければならないし、そのためのメンテナンス係だ。

だが、俺にとってはこんな好物件はない、と思っていた。

アルト、と名乗る少年をアパートに連れて行くと、彼はしげしげとアパートを眺めた。

「これは、アパートと言うのか？　小さいな」

「そうだけど、ひょっとして、アパート見たことがないのか？」

「いや、テレビでは見た。だがうん、そうか。都会では皆がウサギ小屋に住んでいるのだったな」

ウサギ小屋……。

ずいぶん古臭い言い方だ。

やっぱりこの子は年寄りと暮らしていたんだな。

「君には小さく見えても、俺にはこれで十分なの」

「階段が外に付いているのは面白い」

「じゃ、その階段を上ってくれる？　部屋は上だから」

鉄製の外階段を上り、上がってすぐの扉が俺の部屋だ。アルトを先に行かせてから、俺も階段を上り、カギを取り出してドアを開ける。

「はい、どうぞ」

ドアを押さえてアルトを先に行かせる。

彼は、礼儀正しく「失礼する」と言ってから中に入った。

俺も続いて中に入り、ドアを閉める。

カギ、掛けない方がいいかな？　いつもは部屋にいてもカギを掛けるのだが、子供を連れ込んでカギを掛けると監禁とか言われないだろうか？

一瞬悩んだのだが、子供がいるからこそ防犯するべきだと考えてカギは掛けることにした。

部屋の間取りは六畳四畳半。

入ってすぐがキッチンで、その奥に六畳の部屋。ここにはテレビと丸テーブルが一つ。

奥の四畳半が寝室となっていて、洋服ダンスなどもそちらに置いていた。

貧乏だから物がなく、広い部屋が余計広く感じる。

それでも、アルトには狭いらしい。

「座ると何にでも手が届く」

と笑った。

「椅子はないのだな？」

「そんなものないよ。座布団ならあるけど」

一応三枚だけある座布団を出して、一枚彼に渡す。本当は四枚あったのだが、昔父親がタバコを落として焦《こ》がしてしまったので捨てた。

「薄い座布団《ざぶとん》だ」

お祖母ちゃんの頃から使い古されたものだから否定はしないが、一連の言動を聞いてると、彼はいいところのお坊ちゃまなのかも。

「ああ、そうだ。金だったな」

アルトは思い出したというように言ってから、ポケットの中から再び一万円札を取り出して三枚テーブルの上に置いた。

「これでいいな？」

欲しい。

今は喉から手が出るほど欲しい。

でも……、人としての最後の理性が手を伸ばすのをためらわせた。

「このお金は大切なお金なんだろ？　いいよ。一晩泊めるくらいタダで」

「金が欲しいのではないのか？」

「正直欲しいとは思うけど、子供からは受け取れない。第一、これは君のお金じゃなくて、お父さんか……」

ああ、両親は亡くなったんだっけ。

「……その、君の周囲の大人のお金なんじゃないのか？　勝手に持って来ちゃったんだろう。それに三万円っていうのは大金なんだから、そうホイホイ人に与えちゃダメだよ。子供がお金を持ってるって知ったら、悪いことを考える大人だっているんだから」

「我を殴って金を取り上げる、か？」

「そういうヤツもいるかもしれないぞ」

脅すつもりで言ったのに、彼は笑った。

「吉永は『いい子』だな」

「何が『いい子』だ。君のがずっと年下だろ」

「いいや、我のがずっと年上だ」

「はぁ？」

アルトはにやりと笑った。

「吉永は、信用に足る人物と見受ける。真実を話すから、我をしばらくここへ置いてくれ」

「だから、君を保護者に送り届けるのが優先だって……」

「『しばらく』とは、迎えが来るまでだ」

「迎え?」

「本当はここへ行くつもりだったのだが、もう既《すで》になかったのだ」

彼はポケットから二つ折りにした古いハガキを取り出してテーブルの上に置いた。

貼ってある切手は七円。相当昔のものだ。

「それで仕方がないから、本国へ連絡を入れる。手紙で知らせるから、返事が来るのはすぐとは行かんだろう。だが、迎えに来て欲しいと言えば迎えは来るはずだ」

「本国ってことは……、外国?」

だろうな。名前が『アルト』だもの。

日本人と同じ黒髪に黒い瞳だけれど、彫が深くて大人っぽく感じるのは、外国人だからかもしれない。

「手紙は住所がないと受け取れないからどうしようかと思っていたが、ここならば受け取れる」

「電話番号は覚えてないの？」

「電話などない時代だったからな」

「それって相当昔じゃ……。その人まだ生きてるの？」

「案ずるな、ヴァンパイアだから死ぬことはない。滅することはあるかもしれぬが」

「は？　何？」

「ヴァンパイア、だ。分かりやすく言うと吸血鬼だな。ま、実際は血など吸わぬが」

俺はじっと彼を見た。

英知の宿った瞳。清潔そうな白いシャツと少し消えかかっているがアイロンの折り目がついたズボン。そのどちらも、シンプルだが悪い品ではない。

妄想癖《もうそうへき》のあるアブナイ子供や、施設から抜け出してきた子供には見えない。

でも、ヴァンパイアって……。

「疑っておるな？」

「そりゃあね。だって、今時ヴァンパイアなんて」

俺は正直に認めた。

「お前達は全て退治したと安心しているのだろうが、それは我々が隠れることが上手くなっただけだ。事実、陸太郎《りくたろう》と暮らしている時には、誰にも知られることはなかった」

「陸太郎？」

「先日まで暮らしていた者だ。偏屈だが、悪い男ではなかった」

「お祖父ちゃん……？」

「確かに、死んだ時はジジイだったが血縁ではない。同居人だ。我は山奥で陸太郎と暮らしていたが、あやつが亡くなったので山を下りたのだ」

目の前でココアの缶を飲みながら話す小さな子供がヴァンパイア……。

あり得ないだろう。

「……えーとね、警察には連れて行かないから、取り敢えず連絡先を教えてくれないかな。盗んだんじゃない限り、そのお金をくれた人がどこかにいるんだろう？」

「これは本国の者が銀行口座に入れてくれているのだ。我に何かあった時、無事に逃げ出せるようにと」

「銀行口座は身分証明ができないと作れないよ？」

「それは今の話であろう。昔は偽名でも何でも簡単に作れたぞ。それに、これは日本の銀行のものではない。今は大層便利になって、海外の銀行の金も『こんびに』の『えーてぃーえむ』で引き出せるのだ」

そんな話は確かニュースで見たような。

「少なくとも、このカードを送ってきた五年前までは、本国に仲間が生きていた。今も入金があるようだから、存在し続けているであろう」

微妙に正論であるようで、信じ難い話だ。

「五年前にカード送ってもらった時には、電話番号聞かなかったの？」

「陸太郎が生きていれば、本国へ戻るつもりはなかったからな。……こんなに早く死ぬとは思わなかった」

一瞬言葉に詰まった様子に、ドキッとする。

他の説明が嘘でも、一緒に暮らしていた老人が亡くなったのは真実らしい。

「吉永は幾つだ？」

「二十一だよ」

「若いな。健康そうだし、長生きしそうだ」

そう言って笑った顔も、胸を締め付ける。

「あのさ、お腹空《す》いてない？　インスタントラーメンぐらいしかないけど、お腹に何か入れた方がいいよ」

「いんすたんとラーメンは食べたことがない」

「ヴァンパイアだから？　俺の血でも吸いたいとか言うの？」

「血は吸わぬと言ったであろう」

「じゃ、何を食べるの？」

アルトはちょっと考えてから、何かを決めたように頷いて、口を開いた。

「イドを吸収する」

「『いど』?」

「リビドーというエネルギーの源《みなもと》だ。簡単に言えば、人の生存エネルギーだな」

「『りびどー』?」

「生きている人間が何故動くのか不思議ではないか? それは説明のできぬエネルギーが人の中にあるからだ。身体の器官が何一つ欠けることがなくても、人は死ぬであろう? それはエネルギーが無くなってしまうからなのだ」

まあそれは何となくわかる。

「そのエネルギーを『オド』とか『イド』とかいうのだ。その中でもリビドーというものは若い者ほど強く、尽きることなく湧《わ》いてくる。我々はそれを食らうのだ。だから、吸われた者が死ぬことはない。未経験者であると、衝動を呼び起こされてしまうが、年寄りだと無気力になることもある。……らしい」

最後があやふやになったということは、誰かからそう聞かされたんだな。

「じゃ、アルトは陸太郎さんの『いど』を食べてたの?」

「陸太郎が若い時には少し。だが老人になってからは山を下りて若い者を狙った」

「ばれたら騒ぎになるだろう?」

「案ずるな、我には催眠を使うこともできる。力を消費するのであまりやらぬが」

何だか、聞いているうちにだんだんと彼の話に興味が湧いてきた。

作り話とわかっていても、理屈が通っていて面白い話だ。

誰が彼にそれを教えたとしても、上手く作られてる。

「それに、我はイドだけしか食べられないわけではない。山奥での生活は、獲物《えもの》に事欠くからな。代替品《だいたいひん》を探した」

「代替品って？」

「甘いものだ。菓子はよい。食事を提供するなら、菓子を出せ」

ここは子供だな。

上手く作っても、やっぱりお菓子は食べたいんだ。

「お菓子はないんだ。お金がなくて」

「金がないのであれば、その金を受け取ればいいだろう」

「いくらお金に困ってても、子供のお金は受け取れないって」

「だから、我は子供ではないと言っているだろう。生きてきた年齢ならば、八十は超えていると思うぞ。いや、『生きている』はおかしいか。では、我の食べ物を買うために我の金を使うのならば問題はないだろう。これで明日、菓子を買ってきてくれ。それならば問題はないだろう」

「う……、まあそれなら」

「よし。では明日、買い物に行くぞ」

「今は？　お腹空いてないの？」

問いかけると、アルトは『ふふん』と鼻を鳴らした。

「こんな時間に開いている店はなかろう。飲み屋は開いているだろうが、飲み屋で菓子は売ってないからな」

「コンビニがあるじゃん」

「コンビニとて九時には閉まるだろう。今何時だと思っておる」

言いながら、彼は自分のポケットから大人用の金の腕時計を取り出して見せた。

時刻はもう十二時近い。

でも……。

「コンビニは二十四時間やってるよ？」

「何？」

彼は目を大きく見開いて驚いた。

「アルトのいたところは山奥だって言ってたから、閉まるのが早かったんだろうけど、都会では二十四時間営業してるんだよ」

「夜中の十二時なのにか？」

「ああ」

「……凄い。都会に出れば街は遅くまで明るいとは聞いていたが、二十四時間とは。夜中働く者はいつ寝るのだ？」

「それは交替で」

「では夜中に働く者は昼間寝るのか」

「そうだね。行く？　明日にする？」

「いや、行こう。見てみたい」

アルトは興奮した様子で立ち上がった。

こういうところが子供だな。

俺は再び彼を伴って、部屋を出た。

ずっと一人暮らしだから、誰かと一緒に出掛けることは、自分にとっても楽しいことだった。

「街灯がたくさん点《つ》いている。電気がもったいないな」

「でも防犯の意味があるから」

「熊や猪《いのしし》か？」

「いや、そういうのはいないけど……。悪い人が女性や子供を襲ったりしないように、かな。それに、暗いと歩くのも危ないしね」

「ああ、人間は夜目が効かないからな」

「アルトは効くの？」

「もちろんだ。明かりなど無くとも全て見える」

大通りにあるコンビニを目指し、会話をしながら歩く。

彼の話は信じていないが、それに合わせて喋るのは楽しい。

「陸太郎さんの親族は、アルトを引き留めなかったの？」

「陸太郎に家族はいない。戦争で死んだ。それで我を手元に置きたいと頼んだのだ」

「アルトのご両親に？」

「両親は亡くなったと言ったであろう。我も戦争で死にかけていたそうだ。それをクラウスが血を分けて永らえさせたのだ。憐《あわ》れみもあったろうが、戦争の時には子供を連れている方が逃げやすかったからだそうだ」

クラウスっていうのが親族の人かな？

「ロシアを通って中国から日本に渡ってきたらしい」

アルトはちょっと口を尖《とが》らせてそっぽを向いた。

「覚えてないの？」

「その時は寝ていたのだ。覚えているのは中国辺りからだ。当時の日本は外国人が珍しく、クラウスと山で生活することにしたのだが、そこで陸太郎と会った。陸太郎は、戦争で傷を負って、家族もおらず、世捨て人という生活だった。我とクラウスのことを知っても騒がず、戦争が終わってクラウスが帰国する時に我を置いていって欲しいと願い出たのだ」

「へぇ……」

「可哀想《かわいそう》だったのでな、残ってやることにした。おお、こんな時間なのに車がたくさん走っている」

大通りに出ると、彼はまた驚きの声を上げ、道に飛び出そうとした。

「危ないよ」

慌ててその手を握ると、ひんやりと冷たい。

「いきなり飛び出すと、車に轢《ひ》かれちゃうぞ。ちゃんと歩道を歩かないと」

「うむ……」

彼の目が、繋《つな》いだ手に向けられる。

「手を繋ぐの、嫌？」

「別に、お前がそうしたいのならば許す」

「じゃ、繋いでおこう」

小さな手が、きゅっと俺の指を握るのを感じる。

もしかして、この子はあまり人と手を繋いだことがないのかな？　陸太郎という人が、どういう人物だったかはわからないけれど、あまり優しい人ではなかったのかも。

外国から来たにしては日本語が達者だし、もしかしてアルトは陸太郎さんの孫かひ孫だけれど、外国の血が入ってるから認めてもらえなかったとか。

両親が亡くなったのは本当っぽいから、きっと陸太郎さんの娘か息子が外国で結婚して、両親が亡くなった後、相手側の親戚のクラウスって人がアルトを陸太郎さんに届けにきたのかも。

でも陸太郎さんは孫と認めないから、アルトはこんな話を想像して寂しさを紛《まぎ》らわしていたんだ。

うん、それなら説明がつく。

迎えの人というのは、彼を日本に連れてきた向こう側の親戚の人に違いない。

「ほら、あれがコンビニだよ」

シャッターが下りた店の並びの中、一際輝く全国チェーンのコンビニの看板。

「明るい」

アルトは、まず店の明るさに驚き、次に自動ドアをちょっともの珍しげに眺めた。

「カゴ持って、買う物を中に入れるんだ」

「それぐらいわかる。『すーぱー』と同じだ」

「そう、そう」

俺はずっと都会暮らしだからわからないけど、アルトが住んでいたのはそうド田舎というわけではないようだ。

九時に閉まるコンビニと、スーパーがある程度には。

「吉永。これは全部菓子か？」

「ああ」

「凄いな、ここにはすーぱーになかった物ばかりだ」

彼が、時々舌が足りないように喋るのが可愛い。

口をきっちりと動かして言葉を作るから、横文字を平仮名で読んでるような響きに聞こえるのだろう。

「コンビニはお一人様のためのものが多いし、スーパーは家族向けのものが多いから、大きさも種類も違うんだよ。都心のコンビニに行くと、もっと色々あるよ。デパ地下とか」

「でぱちか？」

「デパートの地下」

「百貨店か。何度か行ったが、大したものはなかったぞ」

「場所や店によって違いがあるからね」

彼の言うのは、きっと俺が知ってる都心のデパートではなく、『百貨店』という名前のついた駅前の商業ビルなどだろう。

田舎の方が大きいショッピングセンターがあるはずだけれど、どうやら話を聞いてる限り、陸太郎さんはあまり人混みが好きではなかったようだし、大型の商業施設には行かなかったんじゃないかな。

いつか、連れてってあげたいな。

コンビニだけでこんなに喜んでるんなら。

「おお、アイス！」

アルトは菓子でいっぱいになったカゴを足元に置き、アイスのケースに身を乗り出した。

「すごい、すごい。見たことのないアイスだ。全部買うぞ」

「それはダメ」

「案ずるな、金なら我が払う」

「違うよ。アイスは溶けちゃうだろ。俺の部屋の冷蔵庫にはそんなにいっぱい入らないよ」

「……吉永の家は何もかも小さいな」

「普通だ。それに、一度に全種類食べちゃったら、その翌日には『新しいもの』がなくなってつまらないだろう？　少しずつにすれば、毎日『新しいもの』を食べる楽しみがあるぞ」

アイスのケースにへばりついたまま、アルトはこちらを振り向いた。

「吉永は、そうやって小さな幸せをちびちび味わうタイプなのだな」

「失礼な」

「いや、人それぞれだ。では、今日は五つにしておこう。お前の分も買ってやるから、選んでいいぞ」

「いいよ」

「遠慮するな。お前が選ばぬなら、我が選んでやろう。チョコでいいな？　……まんごーって何だ？」

「果物だよ」

「美味《うま》いのか？」

「……多分」

「何だ、吉永も食べたことがないのか。ではこれも買おう」

アイスを乗せ、山盛りになったカゴを持ち上げる。

子供の力では大変だろうと手を足して持ち上げると、「持てるのに」と小さく漏らしたが、手を離した。

重たくなったカゴをレジのカウンターに乗せる。

店員は大量のお菓子を見ても顔色一つ変えずバーコードを読み取り始めた。

レジに表示される数字が見る間に上がってゆく。

……大丈夫かな。

「合計で一万千二十六円になります」

手持ちの金がない俺は、不安げにアルトを見た。

「うむ。ではこれで」

だがアルトは何も気にしていないようで、ポケットから金を取り出してカウンターの上に置いた。

大きなレジ袋二つにいっぱいの菓子を受け取り、アイスだけを別にしてもらってアルトに渡す。

アルトがお釣りを受け取らず出て行こうとするから、慌てて受け取って彼を追った。

「アルト、お釣り」

「やる」

「やるって、八千円以上あるんだぞ」

「小銭は持たぬ。財布《さいふ》がないからな」

千円札は小銭か。

「財布、持たないのか？」

もう道を覚えたのか、アルトは先をスタスタと歩いた。

「ポケットに入らない。荷物を持つのは嫌いなのだ。身軽な方がいい」

「でも、カードやお札を落としたら……」

「札は落としたらまた引き出す。カードは再発行して送ってもらう」

「誰かに拾われて悪用されたら？」

「そのために暗証番号があるのだろう。割り出される前に停止させればいいだけだ」

……頭いいな。

「だからその金はいらん。吉永が使えばいい」

「だから、子供からお金は受け取れないって」

「我は子供ではないと言っただろう。お前の何倍も生きておる」

「はい、はい」

アルトがいるお陰で、自分の不安を考えないで済む。

それだけでも、彼を連れ帰ってよかったのかもしれない。

考えなければならないことは山ほどあるけれど、夜に考えるのはダメだ。悪い方へ、悪い方へ考えてしまう。

明日の朝になったら、アルトをどうするかも含めてちゃんと考えよう。朝の光の中でなら、きっと何かいい方法を考えつくはずだ。

アパートへ戻ると、まずはアイスを冷凍庫へケーキを冷蔵庫へしまう。

アルトはテーブルの前に座り、山ほどの菓子を並べて悦に入っていた。中には、俺が見たこともないような菓子もある。

お菓子とアイスだけで一万円を超えるとは思ってなかった。

「お菓子、食べてもいいけどラーメンも食べるんだよ。作ってあげるから」

「いらん」

「食事をしなきゃ甘いものを食べちゃダメだ」

「そんなものは我の勝手だ」

言ってる間に、アルトはチョコの箱を開け、口の中へ放り込んだ。

「まああだな」

「こら」

叱ると、アルトは不機嫌そうに俺を見上げた。

「吉永は我の言葉を信じていないのだな。子供ではないし、食事は菓子だけでいいと言っただろう」

「信じられるわけないだろ。ヴァンパイアがお菓子を食べるなんて聞いたことないぞ」

「我はイドはあまり食べないようにしてやっているからな。食べ過ぎて人目につくとまずい。それに、大人はその後の処置ができるが、我は身体が小さいので相手ができぬ。それでは相手も可哀想だろう」

「何言ってるのかわからないけど、とにかく食事はちゃんとしなさい」

アルトはやれやれ、という顔でため息をついた。

「人は我が身に起きぬことは信じない。それはある意味ありがたくもあるが、面倒でもあるな」

「アルト」

「よかろう。お前はいい匂いがするし、きっと美味いだろう。信じるようにさせてやる。信じたら、もうこの後は我に従うのだぞ」

そう言うと、アルトは立ち上がり、テーブルを回って俺のところへ来た。

「な……、何？」

小さな手が伸びて、座っていた俺の首に触れる。

ひんやりとして、けれど柔らかい子供の指の感触。

ああ、血を吸ってるつもりなのかな？　吸血鬼って、噛み付くもんだと思うけど、そこまでは真似《まね》できなかったのか、そういうものだと知らないのか。

「くすぐったいよ」

指が耳の後ろから下に向かって動く。

その時、身体の中心で何かが脈打つような息苦しさを感じた。

「……っ！」

筋肉が、勝手に動き出して熱を帯びる。

腕も、脚も、お腹も。心臓や肺の筋肉すらドクンドクンと激しく脈打つから、呼吸ができなくて目眩《めまい》がする。

頸動脈《けいどうみゃく》を押さえられたのか？

頸動脈を強く押さえられると血が通わなくなって失心するということは知っていた。でもそれほど強く押さえられているわけではないと思うのだが……。

「アルト……指を……」

目眩は、ある瞬間から陶酔に変わった。

ふうっ、と力が抜け、今度は貧血した時のように意識が霞《かす》む。

ふわふわとした浮遊感。

筋肉の激しい脈動はおさまり、今度は血管が身体の中で存在をアピールするように熱く滾《たぎ》り、熱を帯びる。

そしてその熱は、一点に集中した。

「ん、このくらいでいいだろう」

アルトの声と共に指が離れると、俺は脱力し、前のめりになって畳に手をついた。

「な……に……?」

「お前は性体験はなさそうだな。この時間では恋人も呼べぬだろう。武士の情けだ。散歩でも行ってきてやろう」

「ちょっと待て！　これ何だよ！」

言葉が荒くなるのも仕方がない。

全身に生まれた熱が集中した場所はアソコ、股間の中心だったのだ。

つまり、俺は勃起《ぼっき》してしまっていた。

「言うたであろう。リビドーを若い者は呼び起こされると。もっと吸うと失心してしまうかもしれないが、それほど腹は空《す》いていないしな」

「『りびどー』って何？」

「辞書でも引け」

にやっと笑って、アルトは冷凍庫から入れたばかりのアイスを取り出し、部屋から出て行った。

「遠くへは行かん。終わったら呼べ」

と言って。

「……クソッ」

扉が閉まるのを待って、俺はファスナーを下ろし、ズボンの前を開けた。

ムスコは下着を大きく膨らませ、早くしろと急《せ》かしている。

欲情するようなことは何もなかった。当然だが、アルトに欲情するわけもない。

なのに、自分の中に『ヤリたい』という衝動が生まれている。

「……戻ってこないだろうな」

ドアの気配を気にしながら、俺は自分のモノを掴んだ。

脈打ってる。

思春期はお祖母ちゃんと狭いアパートで暮らしていたし、彼女はいない。

その後は父親と同居。いない日が多かったとはいえ生活のために働くことでそういう欲望は昇華されていたのか、性欲はあまり強い方ではなかった。

自慰ぐらいするが、こんなふうに我慢できなくなるような欲望を感じたことはなかったのに。

情けない気分のまま、湧き上がってきた欲望を吐き出すために手を動かす。

握り込んだまま、擦り上げていると、尾てい骨の辺りがうずうずしてくる。

何か……、エロいことでも考えるべきかな。

恋人はいないから、好きなアイドルとか。

好きな……。

「う……、ティッシュ……」

『その人』の顔がぼんやりと浮かぶ。

思い出しちゃダメだ、と思った途端、追い上げられ、慌ててティッシュの箱に手を伸ばし、何枚か引き出してそこに当てた。

トイレに行けばよかった。ティッシュの方が高いのに。

そう思った瞬間、簡単にイッてしまった。

「……う……っ」

溢れでた精液をティッシュで丁寧に拭い、汚れた紙を丸めてゴミ箱に捨てる。

「セーフ……、だよな？」

切羽詰まってたんだろう。好きな人、の意味が違うのに、俺は竹垣さんを思い出してしまった。

今、一番好きな人だったから。

学生時代の友人達は遠く、住み慣れた場所も離れ、職場も失い、今や俺が定期的に会って言葉を交わす一番の人は、借金取りの竹垣さんだけ。

カッコよくて、優しいあの人と出会えたことは、数少ない幸運だと思う。

でもだからって、彼を思い出してイッてしまうのはマズイだろう。

取り敢えず、明確な像が結ばれる前にイッた。だから彼をオカズにはしてない。……ということにしておこう。

俺は服を整え、立ち上がると、キッチンで手を洗ってからドアに向かった。

玄関の扉を開け、暗闇に向かって彼の名を呼ぶ。

「アルト」

彼と、話をしなくては。

今のが一体何だったのか。

彼が口にしたことのどこまでが真実なのか。確かめなくては。

「アルト」

もし彼が本当にヴァンパイアだとしたら……、俺はとんでもないものを拾ってしまったのかもしれない。

そんなことあり得ないだろうけど。


ネットで調べてみると、『リビドー』というのは性衝動の意味だった。

つまり、『したい』という気持ちだろう。

アルトの説明によると、彼等が人間から摂取するのは、『生きるエネルギー』で、それをアルトを拾ったクラウスなる人物は『イド』と呼んだらしい。

ネットで調べた『イド』という言葉には、色んな解釈があって、基本的には無意識の自我という心理学の言葉らしい。

欲求などの精神的エネルギーの源泉だとか。

ファンタジーなどでは、自然界のエネルギー『マナ』に対して、人に宿るエネルギーを『イド』とか『オド』とか言うらしい。

『オド』という言葉も、アルトは口にしていたから、こっちの意味で使ってるのかも。

心理学とファンタジー、両者では呼び名こそ同じだが、別のものを意味しているらしいのに一緒くたに使ってるところをみるとアルトがどこまでわかって使っているのかはわからない。

　とにかく、アルトは人のエネルギーを吸い取って食べ物にするが、それは性行動に繋がっていて、吸い取られると性的欲求が刺激される。

　若くて欲望がさほどではない者は、刺激に応《こた》えて突然『したく』なってしまう。

　既に欲望がギラギラしている者は却《かえ》って萎《な》えてしまう時もあるらしい。

　よくお話で、寝ている美女の部屋に窓から入り込んだ吸血鬼に、血を吸われた美女がメロメロになってしまうのは、そういう作用があるからだそうだ。

　したくなってしまった時、目の前に相手がいれば事に至るし、自分がその気になっているのは相手が好きだからだと誤認するからだそうだ。

　けれどアルトはまだ小さくてそういう相手はできない。

　だから、エネルギーに替わるもの、甘いものでお腹を満たすようにしろとクラウスに教えられたそうだ。

　小さな子供がやる気の美女に押し倒されては、そっちの方が被害者になりかねない。

　もっとも、どうして人のエネルギーの代わりが糖分なのかはわからないが。その説明は、アルトにもできないようだ。

　彼にその『イド』だか『オド』だかを吸われてから自分に起こった変化を、説明できる理由が何もない以上、どんなに胡散臭くても、アルトの主張を受け入れざるを得ない。

つまり、彼の言っていたことは全て本当で、見かけは五、六歳の人間の子供でも、実際は百年近く生きているヴァンパイアなのだ。

三時間ほどかけてそのことをようやく理解、納得した。

俺や世間の常識は、今ここで消え去った。

ここからは頭を切り替えていかなければ。

俗に言う『中二病』のような認識でも、自分が体験し、アルトがここにいる以上、これが現実なんだから。

「納得したところで、建設的な話に移ろう」

理解して受け止めたとはいえ、まだ平常心に戻り切れていない俺に、彼は言った。

「私が大人なのはわかったであろう？　これで『子供から金を巻き上げる』のではなく、『来客がしばらく滞在する費用として代金を受け取る』ことができるな」

確かに、彼が百歳近いおじいちゃんで、家族が迎えに来るまで世話を焼いて欲しいというのなら、人助けだ。そのための代金を受け取ることにも躊躇《ちゅうちょ》はなくなる。

「我はこのなりだ。一人で生活するのは無理そうだ。あてにしていた人物も、どうやら行方《ゆくえ》が知れなくなっている」

「あてにしてた人って、ハガキの人？　その人もヴァンパイア？」

アルトは買ってきたクッキーを齧りながら頷いた。

「いいや。陸太郎の友人だ。親しくしていたようなので、彼の見知りであると知れば、迎えが来るまで置いてくれるだろうと思っただけだ。だが考えてみれば陸太郎の友人ならばずいぶんな歳だろうし、亡くなったのかもな」

多分その通りだろう。

「これからどうするかは、本国のクラウスに手紙で問い合わせねばならない。返事を受け取るためには住所がいる。我も野宿よりはこの小さな部屋で暮らす方がよい。吉永は悪人ではないようだしな。しばらく世話になるぞ」

彼がおじいちゃんでも子供でも、困ってる人間をたたき出すことはできなかった。

一人にしたら、何をするかわからないし……。

「取り敢えず、我の事情は話した。今度はそちらが話す番だ。吉永は見たところまじめな青年のようだが、どうして金を持っておらんのだ？　働いていないのか？」

「……今までは働いてたよ。でも、会社が倒産したんだ」

「新しい勤め先は？」

「探してるところだけど、これといった資格もないし、保証人もいない」

「親は亡くなっているのだったな」

「ああ」

「これからどうするつもりなのだ？」

「仕事を探すよ。借金があるし」

「お前は人に金を借りたのか？」

「俺じゃない。俺の父親が保証人になって……、他人の借金だ」

「他人の借金をお前が返すのか？」

目の前にいるのはおじいちゃんだ。

俺が泣き言を言っても、差し支《つか》えのある人間ではない。

彼の言葉を信じた途端、自分の中に甘えが生まれた。

「誰かと、かかわっていたかったんだ。自分の存在意義を見つけたかった……」

それは、誰かに言いたくて、誰にも言えない気持ちだった。


今から三カ月ほど前、仕事から帰って夕飯を作っている最中に、携帯電話が鳴った。

『もしもし？　吉永さんでいらっしゃいますか？　こちら神奈川県警の市川《いちかわ》と申しますが、吉永和也《かずや》さんのご親戚の方でしょうか？』

警察と父親の名前に、俺はすぐに父さんが何かしでかしたのかと思って慌てた。

「あ、はい。息子ですが、父が何か……」

あのバカ親父、警察のお世話にならないことだけが唯一の救いだったのに、何をしでかしたんだろうか？

まず頭に浮かんだのは、身元引き受け人とかにされるのかな。保釈金とかどうするんだろう、ということだった。

だがどこか無機質な電話の向こうの声は、信じられない事実を告げた。

『息子さんですか。実は、あなたのお父さんがケンカに巻き込まれて、現在病院の方へ搬送されておりまして。所持品の携帯電話にあなたの番号が……』

そこから先のことは、あまりよく覚えていない。

夜遅かったけれど、とにかく相手の指定した病院まで、電車を乗り継いで向かった。

気が付くと、冷暗室で白い布を被せられた父親の遺体検分をさせられていた。

痩《や》せて、髭面《ひげづら》になっていたけれど、そこにいたのは確かに父親だった。

警察の人の話によると、賭《か》け麻雀《マージャン》の支払いのイザコザでヤクザとケンカになり、暴行されていたのだそうだ。

雀荘の人が警察に連絡してくれたけれど、警官が到着した時にはもう相手は姿を消していて、取り敢えず父さんを病院に搬送した。

でも、間に合わなかったのだ。

色んな意味で。

俺が到着した時には、すでに父さんは死んでいて、俺は死に目にも会えなかった。

病院では長く遺体を置いておくことはできないというので、病院が手配してくれた葬儀屋の車でこのアパートに父さんを運び、祭壇《さいだん》だけ整えてもらった。

葬式をあげるつもりではいたのだけれど、そんなお金もなかったし、第一お祖母ちゃんの時と違って線香をあげに来てくれる人もいないだろうと思ったのだ。

取り敢えず、遺品の携帯電話の電話帳に載っている人達に、一斉送信で『吉永和也は亡くなりました』とだけ送っておいた。

父の知り合いなんて、どうせロクな人間じゃないだろうから、アパートの住所は教えなかった。

実際、線香を上げてくれたのは、会社の上司と同僚、大家さんぐらいなもの。それも、父さんのためではなく、俺のためにやってきた人達だ。

病院の支払い、病院からここまでの車代、祭壇と坊さんの読経《どきょう》代。

慎《つつ》ましやかな生活ながらもコツコツと蓄えていた金は、その時に全て使ってしまった。

それでもいい。

また働いて貯めればいいだけのことだ。

その時はまだそう思っていた。

通夜が終わり、焼き場で焼いてもらって、遺骨を部屋に持ち帰った夜。

これが最後の親子水入らずになるんだなぁ、なんて思っていた時、ドアをノックする音が響いた。

このアパートは私有地の中に建っているため、アパートという認識がないのか、国営放送の集金も、新聞の勧誘も来たことがない。

きっと、俺を心配した大家のおばあちゃんが様子を見に来てくれたんだろうと、何の警戒もなくドアを開けて俺は驚いた。

そこに立っていたのは、見たこともない大柄な男の人だったから。

真っ黒なスーツに身を包んだ、プロレスラーみたいにガタイのいい、どう見てもヤクザにしか見えない強面《こわもて》の男。

「吉永光毅さん？　お宅のお父さんのことでちょっとお話があるんですが」

一瞬、父を暴行したヤクザのことが頭をかすめた。

まさか、父さんが死んだから、息子の俺にお礼参りとか言うんじゃないだろうな。

「ち……、父の？」

「一緒にいらしていただけますね？」

行きたくない。

行きたくないけど、上から覗《のぞ》き込まれるようにずいっと近づかれ、思わず俺は頷《うなず》いてしまった。

「はい。行きます」

「よろしかったら、お線香あげさせていただいてよろしいですか？」

でも近づいたのは、部屋にある父の遺骨を見たかったからなのかもしれない。遺骨があるなら線香を、と思ってくれたのだろう。

「……はい。お願いします」

「では、失礼して」

男は大きな身体を丸めるようにして部屋に入ると、そこに置かれていた線香を供え、父さんに手を合わせた。その姿に、俺は少し恐怖が和らいだ。

仏様にちゃんと手を合わせられる人なら、そんなに悪い人じゃないのかも。

「じゃ、参りましょう」

でもその安堵《あんど》は、部屋を出て、彼の黒塗りの車に乗るように言われた時、また消し飛んでしまった。

そうだよ、昔ながらのヤクザって、変に律義《りちぎ》なところがあるって言うじゃないか。

父さんの知り合いが、こんな黒塗りの高級車に乗って来るわけがない。

やっぱり、俺ってば組事務所に連れて行かれちゃうのかな。

車中、怖くてずっと黙ったままでいると、男は信号待ちで停まっている時に名刺《めいし》を取り出して俺に差し出した。

「名乗り遅れました。私、こういう者です」

「あ、はい。ご丁寧に」

車は大通りを走っていたので、窓からの光で文字を見る。

「『竹垣金融、多田政臣《ただまさおみ》……』さん？」

「お宅のお父さんとは長い付き合いでね」

金融会社なんて、いかにもヤクザの職業じゃないか。

「あの……、父さんとは、俺もう何年も会ってなくて……」

だから関係ないです、とアピールするために言うと、多田さんは「だそうですね」と受け流した。

「息子の金持って逃げたから、帰るに帰れないと言ってましたよ。でも、自分に似合わず真面目《まじめ》な子供だって自慢してましたよ」

「自慢？　父さんが？」

「ええ。顔も可愛いし、性格もいいから、立派になるぞって」

そんなこと……。

一緒にいる時には一言だって言ってくれたことなかったのに。

「ああ、着きました。さ、どうぞ」

到着したのは、アパートからそう遠くない場所で、大通りから一本入ったところにある真っ黒なビルだった。

窓枠のところだけが白く塗り分けられているから、モダンと言えばモダンな感じだが、『黒』という色はアブナイものを感じさせる。

ここまで来て逃げるわけにもいかないから、俺は黙って多田さんについて建物の中に入った。

色ガラスの自動ドアから入ると、パーテーションで仕切られた空間が並ぶ。

横に長く続くカウンターがあるようだけれど、パーテーションのせいで、そこに誰かがいるのかどうかはわからなかった。

「こちらです」

フロアの隅にあるエレベーターに乗り、上へ。

どんどん逃げられない状況になっていく。

もし『指の一本でも置いていかんか、ワレ』とか言われたらどうしよう。指がなくなると働けないんですって言ったら、許してくれるだろうか？

エレベーターはすぐに停まり、降りたのは普通のオフィスビルのような、磨りガラスで仕切られた部屋が続く廊下だった。

下の階もそうだったけれど、ここでは人の姿が見えない。見えないような設計がされている。

これってやっぱりヤバイことをしてるから……？

多田さんは、一番奥のドアの前で立ち止まると、扉をノックした。

「多田です。連れて来ました」

「入れ」

部屋の中から声がすると、多田さんはドアを開けて中に入った。

広い応接室。

レザーのソファに観葉植物、正面に大きな机。

そこから立ち上がったのは、背の高い、風格が組長って感じの男性だった。

組長、と言ったけれど、それはヤクザのようにやさぐれて見えるという訳じゃない。むしろ、連れて来た人がもっと上品だったら社長の風格、と思っただろう。

仕立てのいいスーツに身を包み、真っ黒な髪をオールバックに撫《な》でつけたイケメン。

鋭い目付きはしているが、威圧的には見えない。なのに圧力を感じるのは、彼の落ち着いた雰囲気のせいだろう。

カッコイイ男、を具現化したみたいだ。

「吉永光毅です、社長」

多田さんが、立ったまま俺を紹介する。

やっぱりこの人が社長だったか。

「初めまして」

男の人は笑顔で俺に挨拶《あいさつ》してくれた。

「あ、はい。初めまして」

俺も慌ててぴょこんと頭を下げる。

「まあ座れ。立ったままでも何だろう。多田、コーヒーでも持ってきてやれ」

彼はソファに腰を下ろし、俺にも向かい側に座るよう促した。

多田さんは座らず、部屋を出て行ってしまう。きっと、コーヒーを取りに行ったのだ。

「吉永和也の息子？」

彼はテーブルの上のシガレットケースからタバコを取り出し、一本咥《くわ》えて火を点《つ》けた。

その様子も様になっている。

俺はタバコは吸わないし、父親がヘビースモーカーだったせいもあって、吸われるのもあまり好きじゃないのだが、彼の仕草はかっこよかった。

「はい」

「このたびは、ご愁傷様《しゅうしょうさま》でした。メールで死んだという知らせは来たが、病気か何か？」

「いえ、あの……、ケンカして殴られて……」

あまり他人に言えるような理由ではないが、嘘はつかなかった。

「そうか。結構無茶する男だったからな」

「あの……、父さんのお友達……、知り合いの方ですか？　俺、あんまり父さんのこと知らなくて」

紙コップに入ったコーヒーを持って、多田さんが戻り、俺の前にコップを置くと、俺と同じ側に座った。少し距離はとってくれたけれど。

「何も知らないのか？」

「あ、はい。すみません」

「いや、謝ることじゃない。じゃあ、最初から説明した方がいいな。俺は竹垣鷹見也《すみや》、この会社の一応社長だ。実は君のお父さんには借金があってね」

「え……？」

「額面は一千万。まあ保険には入ってもらってたから、それが下りれば今まで返済してもらった額と合わせて半分は何とか回収できるだろう」

「い……いっせんまんっ？」

驚いて、俺はソファから飛び上がった。

「そんなの、俺、払えません！　貯金は五十万くらいあったけど、葬式とかで全部使っちゃったし、給料だって安くて……！」

「まあ、落ち着け」

竹垣さんが言い、多田さんが手を引っ張って俺を座らせた。

「話は通ってなかったようだな、多田」

「はあ。あいつ、いい加減な男でしたから。いつか息子が立派になって返してくれるなんてのは夢だったんでしょうね」

息子が立派になって……。

「父さんは……、父は、そんな大金、何に使ったんでしょう。まだ住んでたところには行ってないんですが、マンション買ったとか、そういうのなんでしょうか？　それともやっぱりギャンブルで……」

「いや、あいつは賭け事で借金は作らなかった。スカンピンになるまで使った後に、生活費として数万ぐらいは借りてたけどな。そういう細かいものも、わかる限り調べてウチで一本化してある」

多田さんはきっと父さんと親しかったのだろう。そういう言い方だった。

確かに、家は貧乏だったけれど、父さんが友人に頭は下げていても、借金取りに追い立てられてる姿は見たことがなかった。

あればあるだけ使う。なければ我慢する。そういう人だった。

「多田さんは、父さんの友達だったんですか？」

「友達っていうか、ツケウマだな。取り立て役だ。あいつ、ヘラヘラしてるから、俺みたいな強面じゃねぇと、すぐに逃げ出して……っと、故人を悪く言っちゃいけねえな。その……、吉永は軽いヤツだったが、義理堅いし、人情味のあるヤツだったよ」

フォローするような言葉に、じわりと悲しみが湧く。

そうだ。

ロクデナシだったけれど、悪い人ではなかった。

「そこからは俺が説明しよう」

今度は竹垣さんが口を開く。

「多田が言ったように、吉永は人情味のある人物だったようだ。そのせいで、友人の借金の保証人になってしまってね。今、『何に使ったか』と訊いただろう？　金は吉永が使ったんじゃない。お前の父親の友人が借りたんだ。店を出すとか言ってな。柱谷《はしらたに》って男だが、知ってるか？」

柱谷さん……。

「はい。知ってます。父さんの小学校の時からの友人です」

俺は、子供の頃に何度も会っていた痩せた感じのおじさんを思い浮かべた。

父さんより堅実な感じで、当時はラーメン店に勤めているとかで、来るたびに餃子《ぎょうざ》を持ってきてくれていた。父さんの方が柱谷さんにお金を借りて、頭を下げてる姿も、見たことはあった。それでも、付き合いを止めなかったんだ。あの後も付き合いは続いていたんだ。

　よくはわからないけれど、本当の友達だったのだろう。

「その柱谷が、店を出すって言うんで借金したんだ」

「ラーメン屋さんですか？」

「知ってるのか？」

「いいえ。でも……、昔はラーメン屋で働いてたって言ってたから」

「まあ、そうだ。一千万は開店資金だったが、経営状態は悪く、営業し始めてからも運転資金で細々金を借りまくってた。で、結局はそれを全て放り出して行方をくらました」

　あの人が……。

「保証人っていうのは、借りた人間が姿を消したり、返せなくなったりした時、代わりに借金を返済しますって約束をした人間のことだ。それで吉永に返済させてたんだ」

「父さんは、ちゃんと返済してたんですか？」

「少額ではあるが一応な。親友を信じて判子をついたんだから、ここで払わないと自分が裏切ったことになるとか言ってたらしい。そうだな、多田」

「はい。だから、君のお父さんは『悪い人』じゃなかったんだよ」

「だがその、彼も亡くなった」

「だから、息子の俺が、ってことですね？」

竹垣さんは一瞬間を置いてから頷いた。

「まあそうだ。だが、先に言っておこう。親の借金を子供が返す義務はない」

「え？　そうなんですか？」

「法律上そうなってる。ただ遺産として受け取ることはできる」

「遺産って……、借金も遺産なんですか？」

「ああ。マイナスの遺産だな。だがこれも財産放棄の手続きをすれば、断ることはできる。今日来てもらったのは、お前にその財産放棄の手続きを教えるためだ」

「でもそうしたら、借金は誰が返すんですか？」

「誰も。まあ、柱谷を探して取っ捕まえて、本人に払わせることはできるが」

「いっそ死んでてくれれば、保険金も下りるんですがねぇ」

多田さんの言葉に俺はビクッと身体を震わせた。

「ほ……、保険かけて殺したり……」

「バカ、子供を脅かすようなことを言うな。保険金殺人なんてリスクの高いことはしない。今時は銀行だって、借金させる時には保険に入らせる。こいつは当たり前の手続きだ。俺達はヤクザじゃないんだから」

「ヤクザじゃないんですか？」

意外だったので、思わず口にしてしまったが、言ってからしまったと思った。

触れない方がいい話題だったのに。

「……そう思ってたのか？」

「いえ、あの……。父さんを殴った人がヤクザらしいって聞いてて……。それに闇金《やみきん》ってヤクザがやってるって聞くから」

「うちは闇金じゃない。街金だ」

「違うんですか？」

「……闇金は違法業者で、街金は正規のライセンスを持ってやってる金融業だ。タチの悪い客には多少手荒なこともするが、真面目に返済してくれる人間にはちゃんとした対応を取ってる」

「でもあの……」

「何だ？」

「あちこち壁ばっかりで、人が見えなくて……」

言いながらちらっと多田さんを見てしまう。

こんなにおっかなそうな人が働いてるのに、とは言えない。

「借金をしてる姿を他人に見られたい人間はいないだろう。銀行のカードローンのコーナーだって、外から見えないようになってるだろう。ちなみに、そこにいる多田は元プロレスラーだが、ヤクザじゃない」

視線に気づかれたか……。

「葬式だってんで、黒いスーツを着てたのがまずかったかねぇ」

でも多田さんは気にしていない様子で、そう言って笑った。

ああ、そうか。威圧感のある黒いスーツは、喪服だったのか。

「さて。納得してもらったところで、金の話をしようか。お前には二つの選択肢がある。一つは死んだ父親に代わって借金を返す、もう一つは財産放棄の手続きをして、父親の残したものを全て手放す、だ。財産放棄の場合は、父親に多少の蓄えや金目のものがあっても、それは全てこちらのものになる」

「全て、ですか？」

「大したものはないだろうがな。衣服や小物や写真のような、財産価値のないものは対象にならないから、お前が持ってってても問題はない。どうする？　……と言っても返事は決まってるか」

竹垣さんは、ふっと息を抜くような笑顔を浮かべた。

人を見た目で判断しちゃいけないと思っていたのに、俺はシチュエーションだけでこの人達がおっかなくて悪い人だと思っていた。

でもそうじゃないんだな。

同時に、別の考えも浮かんで、自然と言葉が零れた。

「俺……、借金返します」

目の前で、竹垣さんの顔に驚きが浮かんで消える。

「払わなくてもいい方法があるのに？」

「はい。そういう選択肢を知らなかったので、教えてもらってよかったです。でも、やっぱり俺、払います」

「どうして、と訊いていいか？」

「父さんの……、息子でいたいから、です」

最後に一緒に暮らしていた時、俺は父さんに反発していた。

ロクでもない父親だと思っていた。

いや、それは事実だろう。世間一般の父親と比べたら、決していい父親ではなかったはずだ。

でも……。

「父さんが、息子が返すって言ったんなら、俺が返さないと。上手く言えないんですけど……、父さんは俺に何も残さなかった。いつも持って行くばっかりで。最後に姿を消してから、全然連絡もなくて、きっと忘れられてるんだと思いました。でも俺が返すって言ってたんでしょう？　俺がいることをちゃんと覚えてくれてたんでしょう？　だったらそれに応えたいっていうか……」

「お前さんに寄生しようとしていただけかもしれないぞ？」

「かもしれません。いえ、きっとそうなんでしょう。でも、俺を頼れる相手って思ってくれてたってことでしょう？　すぐに全額ってわけにはいきませんけど、コツコツ返していきます。父さんが生きてて、生活費を渡してるんだって思えば、まだそこにいるみたいな気がするし」

自分でも、バカなことをしてると思ってる。

わざわざ、返さなくてもいい方法を教えてもらったのに、それを断るなんて。

他人の、いなくなってしまった人の借金の返済なんて、幾ら払ったって感謝してくれる人もいないし、後に残るものもないのに。

でも、あの父さんが『親友だから返す』っていうくらい大事な人だった。

「息子が返してくれるって言ってても、俺には全然連絡もありませんでした。それって、押し付けちゃえって気持ちとは違うでしょう？　面倒だから息子にって思うなら、父さん自身が俺のところに来て、お金を奪うなり、借金払えって言うなりしていたはずだから」

「……まあそうだな」

「そうしなかったのに、『息子が』って言ったんなら、それはきっと父さんの夢だったんじゃないかなって思うんです」

「夢？」

「何ていうか……、もっとちゃんとしたら、そういう話ができる関係になるっていうか、自分を助けてくれるのは息子だって思ってたっていうか……。残したものはマイナスのものだったけど、それでもそれで繋がれるっていうか……。俺は、ずっと父さんと一緒にはいなかったから」

父さんは死んでしまったから、もう二度と『繋がり』を戻すことはできない。

俺達は一緒に暮らしたり、他愛《たあい》のない会話を楽しむこともできない。父さんが今まで暮らしていた場所は、こうなったからには引き払わなくてはならないだろう。

子供の頃一緒に暮らしたアパートも、お祖母ちゃんと暮らし、その後父さんと暮らしたアパートもない。

俺には何もない。

「母さんは俺を置いて俺が子供の頃にいなくなっちゃったし、その後育ててくれたお祖母ちゃんも亡くなりました。今のところに移り住むため、いらないものはみんな処分してしまった。友達や同僚はいるけど、そうじゃなくて、自分の……、自分の還る場所っていうか、自分が何者だか教えてくれる『元』みたいなものが何もなくて……」

「何者？」

「何もかも取り払った時、俺は『吉永和也の息子』って者になるでしょう？　それは年を取っても、仕事を変えても、住む場所が移っても残る。絶対に消えない。その繋がりを、父さんが『遺して』くれたなら、受け取りたいっていうか……」

「ふむ……」

「よくわかんないですよね？」

言ってる自分も、よくわかっていないのだ。

でも竹垣さんは否定しなかった。

「いや、わかるさ。それが何であれ、お前は『父親』と繋がっていたいんだろう。今、幾つだ？」

「二十一です」

「若いな。まだ不安定な年頃だ」

言葉とは裏腹に、彼はにこっと笑った。

「多田。手続きの書類を持ってこい。返済はこの子に引き継がせる」

「はい」

「吉永……光毅だったな？」

「はい」

「これから長い付き合いになる。取り敢えず何か取ってやるから、ここでメシでも食っていけ」

「でも……」

「遠慮するな。返済してくれる以上お前は俺にとって客だ。客なら接待の一つもするさ。多田、店屋物のメニューも持ってこい。ゆっくりでいいぞ」

「はい」

多田さんが慌てた様子で出て行くと、竹垣さんは身を乗り出してきた。

「それじゃ、多田が戻ってくるまで、お前さんの話を聞こうか」

「俺の話、ですか？」

「返済計画のためにも、今の仕事や生活、今までのことも教えてくれ」

「あ、はい」

竹垣さんが笑顔を浮かべていたから、俺はやっと緊張が解けて、少しぬるくなった紙コップのコーヒーに口をつけた。

容れ物は紙コップだったけど、そのコーヒーは凄くいい薫《かお》りがして、美味《おい》しかった。

そこで、俺は今までのことを全部話した。

子供頃は、貧しくても両親に可愛がられていたこと、母親が出て行ったこと、しばらく父親と二人で暮らした不安な日々。

祖母の家に行き、二人で暮らしたこと、その祖母が亡くなり、父と再び暮らしたこと。

でも俺が高校に入ると、亡くなった祖母の僅かな貯金を持って父が姿を消したこと。

近所のおばあちゃんが世話を焼いてくれて、バイトしながら高校を卒業し、今勤めている小さな食品加工会社に就職したこと。

住んでいたアパートが取り壊しになるからと、今のアパートに引っ越したこと。

大した話じゃないのに、竹垣さんは熱心に聞いてくれて、最後に一言言ってくれた。

「頑張ったな」

手を伸ばし、俺の頭をなでながら。

頑張れとか、頑張ってるとは言われたことがあったけれど、頑張ったと言われたのは初めてだった。

その一言は、俺がつらいと思ったことがもう終わったんだと言われたようで、胸が少し熱くなった。

「支払いを受けてもらって助かった。こっちもマイナス被るところだった」

と俺の選択が間違っていないというような言葉もくれた。

多田さんが書類を持って戻ってくると、竹垣さんが俺の担当になるからと、彼を帰して二人で話し合った。

一千万のうち、父さんが返した分と、父さんが保証人になった時にかけた生命保険が下りるだろうから、それを充当すれば額は減るが利息分がある。

色々計算すると、俺が返すべき金額は六百万くらい。

月々二万円返しても返済には二十五年かかる。

それ以下だと時間がかかり過ぎるし、それ以上だと俺の生活に負担がかかるから、取り敢えずそれでスタートさせよう。

月々二万なら、一週間に五千円、どうにもならない額じゃない。もし、臨時収入や昇給があったら、その時に繰り上げで返済したり、返済額を上げればいい。

竹垣さんがとってくれた天丼《てんどん》を食べながら、大体そんなようなことを決めた。

その日の夜は、竹垣さんの車でアパートまで送ってもらって、ついでだからと父さんにお線香もあげてくれて、香典《こうでん》だとお金までくれた。

「部屋を綺麗にしてるな」

と褒められた。

一人で暮らすということは、家の中で褒めたり慰めたりしてくれる人がいないということ。だから、たとえ部屋が綺麗という些細《ささい》なことでも、褒められて嬉しかった。

お茶を出して、この部屋でもまた少し話した。

今度は、他愛のない話を。

「ここなら俺の家の近くだな。時々覗きに来るか」

冗談で言ったのかもしれないその一言に、上ずった声で答えた。

「本当ですか？　じゃあ、いいお茶買っておきます。ここにあまり人を招いたことがなくて、今は何にもないから」

社交辞令というか、軽いノリだったんだろうというのは、後になって気が付いた。

自分を褒めてくれた人がまた俺を訪ねると言ってくれたことが嬉しくて、舞い上がっていた。

竹垣さんは「それじゃ手土産《てみやげ》の菓子はこっちが用意しないとな」と笑った。

でもどこかで、これは今だけの言葉なんだろうと思っていた。『今度遊びに行くよ』という言葉をくれていながら、ここに来なかった人は大勢いたので。

けれど彼は本当にまた来てくれた。

「明かりが点いてる家を訪ねるのは悪くない」

貰い物だという菓子折りを手に。

「本来なら、会社の方に持ってきてもらうんだが、こう近いんなら、俺が時々ここに金を受け取りに来るか。電車賃ももったいないだろう。一週間に五千円、そのペースで用意しとけ。俺が来れない時はその分を貯めてもっておくんだ」

俺に金がないことを察して、彼はそんな提案もしてくれた。

会社まで行く電車賃がもったいないという彼の言葉にも同意したけれど、人が訪ねてきてくれる約束をもらえたことの方が嬉しかった。

これから二十五年、俺の部屋には竹垣さんがやってきてくれるのだ。

いつかは、面倒になって来なくなるかもしれないけれど、少なくともしばらくの間は来てくれるだろう。

父さんの住んでいたアパートには、多田さんと三人で行った。

何もない部屋だった。

相変わらずお金がある時とない時の差が激しかったのだろう。安物ばかりの汚れた部屋にはブランド品も転がっていた。

俺が持って行ってもいいと言ってくれたけれど、ブランド品は売れるというので、売って返済にあててもらった。

友人にしていたという細かい借金は、それだけで返せるだろうということだったので。

ここでどんな暮らしをしていたのか、多田さんが話してくれたが、それは想像していた通りのものだった。

ちょっと働いて金を手にするとギャンブルに手を出し、金回りがいいと気前よく他人に奢《おご》る。暴力沙汰《ぼうりょくざた》や犯罪事には手を出さず、ふらふらしてたが、友達は多かった。

「まああいい男だったぜ」

慰めるような言葉に、また少し泣いた。

そして三カ月。

竹垣さんは言葉通り毎週土曜日に俺の部屋を訪れた。

お土産を持ってきてくれる時もあったし、手ぶらの時もあった。

玄関先でお金だけ受け取って帰る時もあれば、上がってお茶を飲んで行く時もあった。仮眠させてくれと横になっていく時も。

「俺も早くに親を亡くしてな。お前を見てると健気で、つい肩入れしたくなる」

そんな言葉をくれて。

ずっとこのまま上手くやっていけるのだと思っていた。

どんな理由であれ、竹垣さんとの関係が続き、俺は一人ではないと感じる時間が与えられるんだと。『これから先』も、付き合い続けられる人がいるんだと。

だが、そんな安堵感は突然崩れ去った。

会社が倒産したのだ。

それまでも、時折不安な噂《うわさ》は出ていた。

でも、うちの食品加工会社は、大手の居酒屋チェーン店に品物をおろしていたから、大丈夫だろうと思っていた。

だがその一番の顧客だった居酒屋チェーンが潰れたのだ。

外食産業が振るわない中、打開策をと思って健康食品に手を出し、失敗したのだ。

うちとの取引は掛け売りというやつで、六カ月先払いの手形だったらしい。つまり、六カ月待たないとお金が入らない仕組みだ。

それが全部飛んでしまったので、六カ月分の支払いが消えてしまった。

不渡り、というやつだ。

六カ月分のメインの収入が入らなくなれば、当然うちが赤字になる。仕入れた材料も、納入先をなくし、置いておくだけで倉庫や冷凍庫のお金がかかって更に経営を圧迫する。

そして、あっと言う間に連鎖《れんさ》倒産となった。

最後の月の給料、今月分を未払いのまま。

会社の先輩が、従業員の給料は債権者として取り立てができるから、みんなで訴えようと言って立ち上がってくれたけれど、そのためには裁判をしなければならず、当面入金の予定はなかった。

人間が生きていくのは、お金がかかる。

家賃、水道光熱費、電話代に食費。

俺はカードは作っていなかったので、ローンの支払いなどはないけれど、絶対に払わなければならないものはいくらでもある。国民健康保険とかもそうだ。

コツコツ貯めた貯金は、父親のために使ってしまった後だった。

家財を処分して得たお金は、返済に使って欲しいと竹垣さんに渡していた。

正社員だから、働いている限りお金が入るから、そんなに焦らなくてもいいと思っていたのだ。

だが、突然収入が途絶え、蓄えはなく、会社からの保障もアテにできない。失業保険は出るみたいだけれど、そんなものは日々の支払いに消えてしまう。

借金の返済まで余裕はない。

借金が返せなければ、竹垣さんと会えない。

せっかく『これからずっと』付き合っていけると思った人に会えなくなる。

自分を認めて、褒めてくれた人に失望される。金を返すなんて無理だったじゃないかと思われてしまう。

ハローワークで仕事を探してはみたけれど、特殊な技能も資格もない、保証人もいない俺には正社員の口は見つけられなかった。

担当の人には、こういうのはタイミングだし、まだ若いからその間アルバイトをして待てばいいよと言われた。

技能研修を受ける手もあるよ、とも。

でもバイトや派遣で日々を繋ぐより、ちゃんとした正社員の仕事が欲しい。すぐにお金を稼ぎたい。

これからどうしたらいいんだろう。

何が正しい選択なんだろう。

途方に暮れて悩んでいる時に、アルトと出会ったのだ。

目の前にいて、じっと話を聞いてくれていた、この小さなヴァンパイアに。

「つまり、お前は生活の糧《かて》も欲しいが、その竹垣とやらいう男を失いたくないわけだな」

黙って俺の話を聞いてくれていたアルトは、俺が一息つくと、そう口を開いた。

「うん……、まあ。明日は土曜日で、竹垣さんが二週間ぶりに来るから、一万円払わなきゃいけないんだけど、財布の中には一万三千円ぐらいしかなくて、携帯の料金も支払わないといけないし」

「携帯？」

「この小さい電話のこと。水道なんかは何カ月か支払いを待ってくれるんだけど、電気やガスは支払いが止まると、一カ月は猶予《ゆうよ》してくれるけどその翌月には止められちゃう。携帯電話は期日までに支払わないと、すぐに止められるんだ」

貧困ではないが貧乏だった俺はそういう事態に何度か陥ったことはあったので、よく知っていた。

公共料金は猶予をくれるが、企業にはそんなものはない。

水道は生きるためにどうしても必要なものだから、何カ月も待ってくれるし、その間使うこともできる。

ちなみに、遅れた支払いは、銀行よりコンビニで支払った方がいいらしい。即座に支払い状況が会社に登録されて、止められてた水道や電気がすぐ使えるようになるから。なんてことも知っていた。

「電話などなくても生きていけるだろう」

と誰もが思うだろう。

「仕事が見つかったたって連絡が入るかもしれないし、これから先就職試験を受けた時の連絡にも必要なんだ。『今』は使わなくても、持っていないと先に進めない。その電話の料金を支払う分を差し引くと、明日竹垣さんに払う分がないんだ」

「その男に待ってくれ、と言えばいいのではないか?」

言われて、返事をためらった。

「……まだ三カ月しか経《た》ってないのに、もう待ってなんて言えないよ。それに、収入がなくなったって知られたら、これから先の返済も危ないってことになって、嫌われるかも」

「『嫌われる』か」

アルトはにやっと笑った。

その笑う表情が大人っぽい。

「何?」

「いや、『嫌われる』ことが嫌ならば、『好かれたい』のが望みなのだろう。お前はその男を好いているのだな」

「そりゃ、竹垣さんはいい人だし、優しい人だし……」

「そういう人間がその男の他に一人もいなかったわけではないであろう？　なのにその男に嫌われることだけが怖いのならば、恋情なのではないか？」

「れ……！　何言ってんの。竹垣さんは男の人だよ？」

「わかっておる。話はちゃんと聞いていた。だが男だとて恋情を抱かないということはないだろう？　そういうことは太古の昔からあるものだ」

「む……、昔から？」

「知らんのか？　この国でも戦国時代に色小姓というのがあっただろう」

「とにかく、そうじゃなくて、俺は竹垣さんに憧れてるだけなの！」

さっき一人でシてる時、彼の顔がぼんやりと思い浮かんだことが後ろめたくて、俺は思いっきり否定した。

「まあそういうことにしておいてやろう。吉永の事情はわかった。やはりお前には金が必要なようだな。遊びくらしていたり、怠《なま》けていたわけではないのなら、我の金をお前にわけてやろう」

「でも……」

「これは仕事だと思えばいい。我を『客』として接待しろ。まずは家具だな」

「家具？」

「布団や服を買い揃えるのだ。そして菓子も揃えろ。我は吉永が気に入った。迎えが来るまでここに滞在する。我がここに滞在するために不自由のないようにしろ。その代価は支払ってやる」

魅力的な言葉。

それでも彼が子供だったら、断っただろう。

やっぱり俺には子供の金を奪うようなことはできない。

でも、アルトは子供ではないのだ。

「我は、陸太郎と長く山奥で暮らしていてな。都会は初めてだ。テレビで色々と知識は得たが、わからぬことも多い。してはならない行動をして目をつけられるのは困る。そのための知恵も、お前から借りよう。吉永は過度な金銭を手にすることを望まぬようだから、今までもらっていた給料と同じだけ、支払ってやる。それでどうだ？」

悩んで、悩んで、悩んだけれど、結局俺に選択肢はなかった。

「……はい。お願いします」

「よし」

「あ、でも一つだけ約束して。俺が『それは間違ってる』と言ったら、ちゃんと言うことを聞いてくれるって」

「間違い？」

「外でさっきみたいな『イド』の摂取はしない。これは最低限守って欲しい」

「その辺りは上手くやる。もしいただくなら、それが適切だと思う者からにするし、人前ではせん」

「それと、その口調」

「口調？」

「『我』じゃなくて、子供らしく『僕』にするとか」

「慣れだ。簡単には変えられん。だが善処はしよう。そうだな……、吉永は自分のことを何と呼ぶ？」

「俺？　俺は『俺』かな」

「では人前ではそうするように心掛ける」

「あと、お金を剥き出しでポケットに突っ込まない、人前でお金を見せない。悪い人に目をつけられると困るだろ？」

「それも納得しよう」

言いたいことは山ほどあった。

黙って立ってるだけなら、外国人の子役スターみたいに可愛いけれど、その言動は異質だから。

アルトは素直に『うん』とは言わなかった。

一つ一つ吟味して、納得いったものにだけ頷いた。

取り敢えず、もうずいぶん遅かったし、彼が長くタクシーに乗って疲れたと言ったので、話は半分ぐらいのところで終わりになった。

客用の布団はなかったので、布団と奥の部屋はアルトに譲り、俺はこっちの部屋で掛布団にくるまって夜を過ごすことにした。

とはいえ、となりに寝ているのがヴァンパイアだと思うと、すぐに安眠というわけにはいかない。

何度も寝返りを打ちながら、となりの気配を窺ってしまった。

ヴァンパイア……。

本当にいるんだろうか？

いや、確かにいるんだけど……。

寝て、起きたら全て夢だったなんてことにならないだろうか？

俺は公園で考え込んだまま寝入ってしまい、都合のいい夢を見てるとか。

あり得るな。

ある日突然子供のヴァンパイアが来て、お金を出してくれるなんてことより、全部夢でしたの方が現実味がある。

でもこれが夢なら、なんで自分は床の上に寝ているのか。

いや、床に寝てること自体が夢なのか。

アルトは、太陽の光が当たったら、チリになってしまうんだろうか？

だったら、家具だけじゃなく、遮光《しゃこう》カーテンとかも買った方がいいのかな？　そのためのお金は出してもらえるのかな？

お金……。

これが現実でなかったら、また仕事を探さないと。

明日になったら、竹垣さんが来る。

やっぱり、携帯の料金のことより、竹垣さんを優先するべきだろうか？

『その男に嫌われることだけが怖いのならば、恋情なのではないか？』

頭の中に、アルトの言葉が響いた。

恋情って、恋ってことだよな。

俺が竹垣さんに恋してるって……、あり得ないだろう。

そりゃ、優しくされて嬉しかったし、認めてもらって喜んだ。でもそれは大人の男の人に免疫がないからだ。

一人暮らしが長くて、誰かに気に掛けてもらえるのが嬉しかっただけだ。

あの人とどうこうするなんて……、まあ、一人で頑張っちゃってる時にチラッと頭を掠《かす》めはしたけれど……。

もしもこれが全て夢なら、俺はそういうことをしようとした時に竹垣さんを思い浮かべたことも夢ってことになる。

夢の中であの人のことを思ってそういうことを……。

「いや、俺は思い出さなかった。ちゃんとその前に打ち消した」

思わず声に出してしまってから、慌てて口を閉じる。

これが現実なら、隣でアルトが寝ているのだから静かにしないと。

夢と現実。

自分がいるのがどちらの世界なのかわからなくて、悶々《もんもん》としている間に、眠りは俺を捕らえ、意識がぼやけた。

小さなアルト。

かっこいい竹垣さん。

これまでの自分の生活の中にはいなかった二人。

自分を不幸だと思ったことはなかったけれど、幸福だと思ったこともあまりなかった。

平凡で、小さな幸せを見つけて確認しながら前へ進む。『ある日突然』なんて言葉は、悪い時にしか使われなかった。

母さんがいなくなったり、父さんがいなくなったり、お祖母ちゃんが亡くなったり、会社が潰れたり。

でも『ある日突然』現れたこの二人は、決して悪い運ではないと思う。

これが現実なら、だけど……。


もちろん、全ては現実だった。

目が覚めると、俺は床に寝ていたし、そっと覗いた奥の部屋には布団が敷かれていて、小さな中身を想像させる膨らみがあった。

音を立てないように注意しながら近づくと、お人形のように綺麗な顔の子供。

アルトがここにいる、ということは、彼の話が本当で、ヴァンパイアが存在するってことで、会社が倒産したことも本当だってことだ。

起こすべきかな？

それとも、まだ寝かせておくべきかな？

悩んでいると、長い睫毛《まつげ》に縁《ふち》取られた目がパチッと開いた。

「何だ？」

「あ、ごめん。起こしちゃった？」

「寝てはおらん。休んでいただけだ」

それを寝てるって言うんじゃ……。

「朝ご飯どうするかな、と思って。それと、カーテン開けても大丈夫かどうかと」

「明るいのは好まないが、別にカーテンを開けてもかまわん」

「チリになったりしない？」

「真祖や闇を多く取り込んだ者には太陽は危険だが、我は大丈夫だ」

「闇を取り込むって？」

「吸血をたくさんした者のことだ。自然ではないエネルギーの循環で、身体が脆《もろ》くなるらしい。とはいえ、得手ではないから、暗ければ暗い方がいいな」

アルトは身体を起こすと、きちんと布団を畳んだ。

「ふむ。これをしまう押し入れはどこだ？」

「あ、そこに置いといていいよ。いつもそうしてるから」

「入れる場所がないのか？」

「いや、あるけど……」

「では面倒がらずにちゃんとしまえ」

「……はい」

子供に説教されてしまった。

いや、子供じゃないんだけど。

「朝ご飯は？」

「昨夜の菓子が残っているからいい。それよりお前がちゃんと食事をしろ。最近は朝食を抜く子供が多いと聞くが、朝食は一日のエネルギーの源だぞ」

言うことがちょっとおじいちゃんっぽいな。やっぱりおじいさんと暮らしてたからだろうか。

「食べるよ。これから作るところ」

「これからか。では近くに『ふぁみれす』はあるか？」

「ファミレス？」

「うむ。行ってみたい。金ならば我が出す」

アルトの目がキラキラと輝いた。

「いいけど、ちょっと歩くよ？　大丈夫？　行くなら夜の方がいいんじゃない？」

「夜では店が閉まっているだろう」

「いや、ファミレスは二十四時間営業だから」

「何と、コンビニだけでなくファミレスもか？　ひょっとして、都会は全ての店が終日営業なのか？」

「いや、コンビニとスーパーとファミレスぐらいかな。あとファストフードか」

「ふぁすとふーど？」

「えーと……、ハンバーカー屋さん」

大抵のことは知っているみたいだけど、都会のことはあまり詳しくないみたいだな。

彼の知識はテレビと新聞と書物なんだろう。それも山奥で暮らしていたのなら、限定的なものだったに違いない。

田舎から出てきたおじいちゃんを相手にしてると思えばいいんだろうか？

「ちゃんと計画を立てて行動した方がいい。まずは必要なものを買い揃えて、楽しいことはそれからだ」

アルトは不満そうに口を尖らせた。

うーん……、こういうところは子供なんだよな。

どっちだと思えばいいんだろう。

「必要なものとは何だ？」

「それをご飯を食べながら話そう。アルトのお金をアルトのために使うのは、問題ないと思う。でも無闇に買っても、見た通りこの部屋は狭くて物があまり置けないから、厳選しないと。まずは布団だな、それと服」

「菓子は？」

「駅前の大きなスーパーで買おう。土日は混むからダメだけど、週が明けたら電車に乗って、デパートに行ってもいいし。デパ地下ってわかるよね？」

「わかってる！　今朝テレビでも見た！　色々なスイーツがあるのだ！」

また目が輝く。

デパ地下はテレビでも毎日のように特集してるもんな。

「じゃ、まずは生活必需品だ」

自分はインスタントの素ラーメン、アルトには昨夜の菓子を出してやり、必要なものについて話し合った。

ちょっと歩くけれど、駅前まで行けば商店街もあるし、大きなスーパーもあるから、大抵のものは手に入るだろう。

アルトの意見を聞き、俺の考えも入れて、取り敢えず買うものは、布団と着替えの服、それにクッションと座椅子《ざいす》。コップとお箸《はし》とバスタオル。

あと財布とカバン。

「竹垣とやらは何時に来るのだ？」

「夕方の六時ぐらいかな。会社を出る時にメールくれるから」

「では六時までに買い物を済ませよう」

簡単な食事が終わると、まずはコンビニに行って、ＡＴＭでお金をおろした。

そのお金は俺が預かる。

支払いをする時に、子供が払うのが不自然なのと、アルトがお財布を持っていなかったから。

大通りに出る時、危ないから手を繋ごうと言うと、アルトはちょっと照れたように見えた。

「大丈夫だ。飛び出したりはせん」

「都会は人が多いし、自転車も危ないから、手を繋いでおいた方がいいんだよ」

「お願いか？」

「うん。お願いします」

「では仕方がない」

おずおずと差し出された手は小さくて、強く握ると潰れてしまうんじゃないかと思えた。

土曜日の駅前は、いつもならあまり好きではなかった。

家族連れが多いからだ。

誰かと一緒にいることを楽しんでいる人々の中に、一人きりでいるのはあまり面白くない。

でも今日は違う。

「色は何色が好き？」

「青だな」

「じゃ、布団は青いのを買おうか」

「ベッドがいいのだが」

「俺の部屋には入らないよ」

手を繋ぐ相手がいる。他愛のない会話を楽しめる。これからどうしようかと考えることができる。

ご飯の材料を買って帰ってくるだけの買い物じゃない。

一人でいることに慣れていたから気づかなかったが、二人でいることはこんなにも楽しいんだ。

お祖母ちゃんが生きていた時、一緒に買い物に出ることがとても楽しかったことを思い出した。

もっと前、両親に両手を取られ、三人で居酒屋にご飯を食べに行く時のドキドキした気持ちも。

「お前の食べ物も買え」

「俺はいいよ」

「世話をする者には健康でいてもらわねばならん。食べるのも仕事のうちだぞ」

駅前のスーパーは結構大きな、四階建てのものだった。一階と二階が食品で、三階が生活雑貨と文具、四階が服と寝具だ。

まずは三階へ行って、財布を買った。

包まずにもらって、その中にお金を入れてアルトに渡す。

それから四階で服を見た。アルトはあまり気に入ったものがないと言ったけれど、何があるかわからないから、取り敢えずは買っておいた方がいいとシャツとズボンを二着ずつ。

それに下着と靴下と帽子。

帽子は太陽が苦手だというから、夏は過ぎたがあった方がいいと思ったので。

タオルはアルトが選んで、そこに置いてある中で一番高いものを買った。

それでも不満だったらしく、もっと大きな店でまた買い直すと言っていた。

寝具は子供用のマットなんかを見たけれど、どうしても安っぽいものは嫌だというので、布団屋で買うことにした。

大きな袋を持って階下の食品売り場でお菓子を見る時は、完全に子供の顔だった。

自分でカートとカゴを持ってきて、どんどんと入れていった。

「これは初めて見る」

「ああ、これは前にも食べた」

「こんな大袋があるのか」

「これとこれは何が違うのだ？」

引っ切りなしに喋り続け、とんでもない量のお菓子を買った。

さすがにここまでで俺の手に余ると判断し、一旦アパートへ戻って荷物を置いてから、今度は布団屋だ。

ここで買ったのは、俺には一生縁がないであろう羽布団と、ふかふかの毛布。

届けてもらおうかと思ったが、宅配にすると到着は月曜になるというので、これも買ったらアパートへ直行だ。

「一々面倒だから、吉永もあれを買え」

と彼が指さしたのは、近くの買い物客が引いているキャリーカートだった。

「今日だけだからいいよ、もったいない」

「お前は本当に欲がないな。便乗してもっと自分のものを買えばよいのに」

「それはアルトのお金だから。俺はお給料をもらうことにしたから、必要があれば自分のお金で買い物するよ」

アパートまでを二往復すると、もうお昼を過ぎていたので、家でホットケーキを焼いてあげた。ジャムとハチミツとバターをたっぷりのせて。

「手作りか。吉永は器用だな」

「いや、ホットケーキミックスだし。陸太郎さんのところでは何を食べてたの？」

「菓子だ」

「だから、どんなお菓子？」

「主にチョコレートだな。あれは保存がきく。それと和菓子だ。羊羹《ようかん》とかまんじゅうとか。遠出をした時にはケーキも買ってきてくれた」

「遠出した時だけ？」

「陸太郎といたところには、近くにケーキ屋がなかったのだ。だがここにはいっぱいあるのだろう？　明日はケーキを買う」

口の回りにジャムをつけたまま喋るアルトに、つい笑みが零れる。

「今日歩いてみて、大体のところはわかったしな。明日からは一人でも大丈夫だ」

「でも危ないよ」

「我は子供ではない」

「そりゃそうだけど、身体は子供なんだから、悪い大人に捕まるかも」

「我が非力だと思っているのなら、大きな間違いだ。恐らくお前より力があるぞ。それに、催眠も使う」

「催眠？」

「相手の心をコントロールするのだ。もっとも、腹が減るから普段はどちらも使わないことにしているが」

つまり、アルトはエネルギーの塊みたいなもので、何かをするとそのエネルギーを使ってしまう。その補充にまた菓子を食べるってことかな。

「そんなの、使わない方がいいよ」

食事を終えてから、もう一度買い物に出掛け、遮光カーテンと食器を買ってきた。

これで今日の買い物は終わり。今度は部屋の片付けだ。

奥の四畳半はアルトに与えることにして、俺が六畳間を使う。自分の布団をこちらへ運び、使っていなかったタンスの引きだしの中にアルトの服をしまう。

物が少ないので、三分の一ぐらい空《あ》いていたのだ。

お菓子は、彼がいつでも食べられるようにもらってきたダンボールの中に入れて彼の部屋に置いた。

ただし、布団の中では絶対に食べないことを約束させて。

アルトは子供ではないのだからそんなことしないと怒っていたけど。

俺って、順応性が高いんだな。

それとも、外見が子供だからなのだろうか、もうすっかりアルトと暮らすことが楽しみで仕方なかった。

楽しいことをしているからか、時間が過ぎるのは早く、携帯が鳴ってメールの着信を知らせる。

『今会社を出た』という竹垣さんからのものだった。

もうそんな時間か。

「竹垣さんが来るから、彼の前では変なこと言わないようにね」

「お前の懸想《けそう》している男だな？　何時に来るのだ？」

「だから、そうじゃないって。すぐ来るよ、近いし、車だから」

「恥ずかしがってるな」

にやにやと笑う顔を見ると、思わずこんなセリフが出てしまう。

「……オヤジ臭《くさ》いよ」

「失礼だな。まあいい。我は我で好きにする。吉永はあまり干渉《かんしょう》するな」

「でも……」

「デモもカカシもない。我は同居人であって、吉永の子供でも弟でもないのだ」

デモもカカシもって、何年ぶりに聞くだろう。お祖母ちゃんが使ってた言葉だ。

「とにかく、お前は竹垣のことだけ考えていろ。もう我のことは気にするな。ああそうだ。煮え切らない吉永のために一ついいことをしてやろう」

「いいこと？」

「特に腹は減ってないが、これはサービスだ」

アルトの黒い瞳がきらりと光る。

え？　と思った次の瞬間、アルトの指が俺の首に触れた。

「アルト……！」

吸い取られる。

目眩がする。

可愛い子供だった顔が、妖《あや》しい人形のように変わる。

「何……で……」

「そういう気持ちになれば、認めるだろう？」

「だから違うって……」

身体を起こしていることがつらくなる。

全身が熱を帯びる。

昨夜と一緒だ。

ということは……。

俺はまだ首に残るアルトの手を振り払おうとした。だが、力が入らなくて、腕に手は当たったけれど、払い退《の》けることはできなかった。

まずい。

熱が……、股間に集まってゆく。

小さな指が離れると、俺はふらふらとテーブルに寄りかかった。

「我はふぁみれすに行ってくる。しばらく戻らんから、ゆっくり楽しむといい。成人男性はそれが楽しみなのだろう？」

「わかったような口を……」

その時、ドアがノックする音が聞こえた。

「おお、来たようだな」

「アルト！」

彼はひょいっと立ち上がると、小走りに玄関へ向かった。

だめだ。

こんな状態で竹垣さんに会いたくない。

「いらっしゃい」

俺の気も知らず、アルトは子供らしい声で玄関のドアを開けてしまった。

「うん……？　子供？」

竹垣さんの声。

「吉永さんなら中にいますよ。吉永さん、お客様。オレは出掛けてくるね」

「アルト！」

怒鳴っても、彼はそのまま出て行ってしまった。

入れ替わりに竹垣さんが入ってくる。

「どうした？　体調が悪いのか？　顔か赤いぞ？」

だめ、近づかないで。

その顔を見せないで。

こんな気分の時にあなたを見たくない。

「吉永？」

でも彼は優しいから、心配して俺に近づいてきた。

「今の子供は？」

テーブルについていた手に、彼の手が触れる。

「知り合いの……、子供を預かって……」

それだけで背筋がゾワリとする。

こんな状態の時に他人に触れられたことがなかったから。

「おい、大丈夫か？」

俯く俺の顔を覗き込むように竹垣さんの顔が更に近づく。

男性用の爽《さわ》やかなコロンの匂い。

撫でつけられた艶《つや》やかな髪。

「大丈夫……です……。その……、あまり近づかないでください」

そこに竹垣さんがいる、と実感させられる。

「大丈夫って感じじゃ……」

竹垣さんの言葉が切れた。

「……悪い時に来たか？」

気づかれた。

恥ずかしくて、顔から火が出そうだった。

この人が来るってわかってたのに、そんな気分になってた、なんて思われたらどうしよう。アルトがいるのも見られたし、子供相手にその気になってたって誤解されてしまうかもしれない。

「俺……、そうじゃなくて……」

情けなくて、思わず涙が滲《にじ》む。

「……違うんです」

何て説明すればいいんだろう。

ヴァンパイアにイドを吸われてその気にさせられたんです、なんて絶対に言えやしない。言ったところで信じてもらえるわけがない。

「心配すんな、若い時には意味なくそうなる時もあるもんだ。知られたくないから子供を出したんだろ？」

彼の手が、重ねていた俺の手をポンポンと軽く叩く。

「男同士なんだから、恥ずかしがることはないさ。トイレ行ってこいよ」

「……立てません」

「じゃ、あっち向いててやるから、ちゃちゃっと出しちまえ」

「出す……って？」

「だからその……、ここでオナっちゃえってことだ」

「できませんよ……！」

だってここにあなたがいるじゃないですか。

「だが辛いんだろ？」

一瞬、竹垣さんと目が合ってしまう。

「……う」

彼の視線を受けただけでも、我慢できなくなりそうだ。

「しょうがねぇな。手伝ってやるから、イッちまえ」

「て……、手伝う……？」

「我慢してると苦しいだけだろ。ほら」

手が、俺の股間に伸びる。

「竹垣さん！」

逃げようとしたが勃起した状態では上手く動くことができず、わずかに上半身が逃れただけだったので、手は股間に届いてしまった。

「う……っ」

押し付けるのではなく、置かれただけの手。

なのに、ゾクッとする。

「風俗、行ったことあるか？」

引き剥がそうと彼の腕を掴んだけれど、力が入らなくて、ただ腕を握るだけになってしまう。

「ないです、そんなお金……」

手は、軽く押し付けられ、指が動く。

「彼女は？」

「……いません。手を離してください」

「自分でヌくだけか。じゃあ、他人の手でセンズリされるだけでも結構イケるだろう」

手が、ズボンのファスナーにかかる。

「竹垣さん、ホント……」

「暴れるな、ファスナーに引っかけると痛いぞ」

骨張った、男の手が、俺のズボンのファスナーを下ろしてる。

もうそのヴィジュアルだけで、昇天しそうなのに、手は開けたばかりの前から中へ滑り込んだ。

「あ……」

中で、指が絡む。

「……ひっ」

耐えられなくて、目の前にいた竹垣さんにしがみつく。

止めてと訴えるつもりで、涙目で見上げると、そこには悪い男の顔でにやりと笑う竹垣さんの顔があった。

その笑みが、胸にズキュンと突き刺さった。

「あ、だめ……、出る……っ！」

「ティッシュは？」

「そ……そこに……。でももう……」

「我慢しろ」

モノをぎゅっと握られ、痛みが走る。

そのせいで少しだけ絶頂が遠のき、俺のを握ったまま竹垣さんが手を伸ばしてテーブルの端に置いてあったティッシュボックスから数枚を引き抜いた。

「あ……ッ」

今まで中で弄《いじ》られていたモノが引き出される。

生々しく視界に入ってくる自分の性器とそれを掴む竹垣さんの手。

すぐにティッシュの束がそれを隠したけど、刺激は容赦なく俺を追い詰めた。

扱《しご》かれて、我慢ができない。

俺は竹垣さんのスーツを握り締めたまま、彼の手でイかされてしまった。

「あ……ぁ……」

「は……」

自分の中から、熱が吐き出されてゆく。

どくどくと、全身に鳥肌を立てさせながら、快感が弾けてゆく。

ずるずると身体が前のめりに倒れ、畳の上に突っ伏す。

射精してしまった……。

竹垣さんの前で、竹垣さんの手で。

彼が見てるから、彼が触れてるからと思うと、気を散らすことも我慢することもできなかった。

俺ってサイテー……。

「若いな。こんなに簡単にイけるなんて」

ティッシュを残して、竹垣さんの手が引き抜かれる。

俺ので濡れたティッシュは、先っぽに引っ掛かったように止まっていた。そのまま放っておくわけにもいかないので、突っ伏したままゴソゴソと自分で綺麗に拭う。

自分のだっていうのに、今ソレに触れるのも見るのも嫌で、見ないで拭い終えるとすぐにズボンの中へしまって、ファスナーを上げた。

見られないのは自分のモノだけじゃない、竹垣さんの顔もだ。

「吉永？」

突っ伏したまま顔も上げられない。

「どうした？」

「……見ないでください」

「嫌だったのか？　男にイかされたのが」

「そうじゃなくて、情けなくて。竹垣さんにされてイッちゃうなんて……」

「申し訳ない？」

「こんなことさせて……」

「別に大したことじゃないだろ？」

「大したことじゃないんですか？」

まさか、竹垣さんって男の人が好きとか……。

「まあ、誰にでもするわけじゃないが、学生時代に手コキ合いとかしなかったか？」

「しませんよ、そんなこと」

そういうことか。

一瞬期待してしまった。

……期待？　何にだよ。

「真面目だな。嫌だったんじゃなくて、恥ずかしいのか？」

「う……」

その通りです。

「悪かった、悪かった。吉永はずっと真面目だったんだな。親がいないと遊び人になるもんだが、そういう人間ばかりじゃないって証明だ」

彼の手が、俺の肩を掴み無理やり身体を引き起こす。

竹垣さんの顔を見た途端、恥ずかしくて顔が熱くなった。

「涙目が可愛いな」

「そういうこと言わないでください……」

顔を背けて視線を外す。

「お前にとっては初めてだったかもしれないが、こんなのは大したことじゃない。だから気にするな。男だったら誰でもあることだ。どうしても恥ずかしいなら、お前が俺のをヤッてくれるか？」

「お……、俺が竹垣さんを？　無理ですっ！」

「何だ残念」

笑ってる。

蔑んだり、馬鹿にしたりする目じゃない。

「取り敢えず、手を洗ってくるから、お前もトイレ行って綺麗にしてこい」

彼は右手を伸ばし、何かに気づいたように左の手に差し替えて、俺の頭を撫でた。

そうか、あの右手が、俺のを握っていた。それで手を入れ替えたのだ。

竹垣さんがキッチンに向かったので、俺も慌ててトイレへ駆け込んだ。

もう出るものは何もないが、一旦距離を置いて気持ちを落ち着かせるために。

アルトのヤツ。帰ってきたら絶対に許さない。

どんなつもりがあったって、こんなこと許せるわけがない。

竹垣さんに俺のをシゴかせるなんて。

「……う」

それを思い出すだけでも、また腰の辺りが疼《うず》く。

昨日アルトにされた時には、一発ヌいたら収まった。なのにまだ身体が熱いのは、アルトのせいではない。

外部からの刺激じゃなく、自分が『その気』になってるからだ。

竹垣さんに触れられたことを覚えている身体が、反すうしてるからだ。

「だめだ。忘れるんだ」

呟《つぶや》いて、深呼吸する。

俺はまだ竹垣さんといい関係を続けたい。あの人がここに来てくれなくなるようなことはしたくない。

本人が『大したことじゃない』と言ってるなら、俺もそう対応するべきだ。

これはアクシデント。

いや、夢だ。

現実じゃない。

だから忘れるべきだ。

竹垣さんは、俺が彼に欲情したとは思っていない。彼が来た時にはもうあの状態だったのだから、別の理由でそうなったと思ってるだろう。

実際そうなのだし。

彼の手でイかされたのも、俺に経験がないからだと思ってくれるだろう。『若いな』と漏らしたし、若さ故の反応と思ってもらおう。

全てが終わったのにまだ反応してしまっては、俺が彼を意識してると思われてしまう。してもらったことに悦びを覚えたと思われる。

それはダメだ。

もう一度深呼吸してから、俺はトイレを出た。

竹垣さんはもう手を洗い終えて、座っていた。

まだ彼の顔をまともに見るのは恥ずかしかったが、目を逸らすと疑われる。

「もう大丈夫か？」

「……すみません、みっともないところを見られちゃって」

笑顔が強ばったが、それでも俺は笑った。

彼にしてもらって喜んでる気持ちを知られちゃいけない。

竹垣さんのことを『そういう意味で』好きかどうかを考えるのは後でいい。とにかく今は、何もなかったようにしないと。

「悪かったな。涙目の吉永があんまり可愛かったから、ついイタズラ心が起きた」

「俺、男ですよ。可愛いなんて言わないでください」

言われると嬉しくて心が騒ぐ。

「それより、お金ですよね。ちょっと待ってください。あ、灰皿出しますね。その前にお茶ですよね、まだお茶も出してなかったし」

彼と向かい合わないように、部屋の中を動き回り、灰皿を出してからキッチンへ行き、お湯を沸かしながら封筒に入れて別分けにしていた返済用のお金を取り出す。

「はい、これどうぞ」

封筒を渡してからまたキッチンに戻り、沸いたお湯でお茶を淹《い》れる。

「さっきの子供、本当の所はどうしたんだ？」

微かなタバコの匂いと共に彼の声が聞こえる。

「親戚には見えなかったが。あれはどっか外国の血が入ってるだろう」

「知り合いの人から預かってるんです。アルトって言って、とても頭のいい子ですよ」

湯飲みを二つ、手に持って戻り、テーブルを挟んで反対側に座ってそれを差し出した。

「すっかり警戒されたな」

「警戒だなんて。竹垣さんがそういうことする人だとは思ってませんよ。ただその……、やっぱり恥ずかしくて。もうこの話はやめましょう」

「そうだな。しつこくして嫌われたくない」

嫌ったりするもんですか。

でも彼が俺に嫌われたくないって言ってくれたのは、素直に嬉しい。

怪しかったかな。

「さっきの子、可愛い子供だったな。日本語は喋れる……、みたいだったな」

入れ違う時にアルトが声をかけていたのを思い出したのが、納得したように頷いた。

「あの子をいつまで預かるんだ？」

「……わかりません」

迎えが来るまで、とは言ったけれど、いつその迎えが来るのかまではわからない。

手紙を出して返事が来るまでは、迎えが来るかどうかもわからないのだ。

「そうか。まあ色々あるんだろう。来週来るから、その時にでも話してくれ」

彼はタバコを消し、お茶を一口だけ飲むと立ち上がった。

「もう帰られるんですか？」

「今日は長居しない方がよさそうだ。悪いコトしたからな。会話がぎこちない」

気づかれてたか。

でも帰って欲しくはなかった。なのに、俺には引き留める言葉は何もなかった。足止めに出せる話題もなければ、菓子もない。何より竹垣さんがここに来るのはお金を受け取るためだ、そのお金は渡してしまったのだ。

「そんな顔するな。仕切り直して、来週ゆっくりするよ。今度は子供の玩具《おもちゃ》でも持ってくるかな」

名残惜しい顔、してたんだろうか？

そう言われてまた顔が赤くなる。

「お前は、本当に子供みたいだな。俺なんかと全然違う」

「そんなに違いますか？」

「ガキっぽいって意味じゃない。素直だってことだ。来週はメシを買って来るから、ここで食わせてくれ。子供の分も買ってきてやるよ」

「俺、作ります。ご飯食べるなら、俺が作ります」

「ん？　そうか？　じゃあ楽しみにしてる」

「はい」

よかった。

変なふうには思われてないみたいだ。

「じゃあ、また来週にな」

「はい」

ほっと胸を撫で下ろし、来週の約束に浮かれながら、俺も立ち上がった。

玄関まで彼を送ると、靴を履いて出て行く前に、竹垣さんは振り向いてまた俺の頭を撫でた。

「気にするなよ」

それだけ言って、彼は出て行った。

優しい人。

俺なんかのために親身になってくれて。でもそれに甘えてはいけない。甘えたら、負担になる。負担になったら面倒がって、もう来てくれなくなるかもしれない。

俺の望みは、ただあの人に一週間に一度会えるだけでいいのだ。

それで満足しなくちゃいけないんだ。

決してあの手を求めたいなんて考えちゃいけない。

……すごく気持ちよかったけど。

「何だ、もう帰ったのか。早いな」

俺が玄関に立ったままでいるうちに、ドアが開いてアルトが帰ってきた。

「お前、どこに」

「隣の部屋だ。カギを開けて入っていた」

来週、再び竹垣さんが来てくれる。

一緒に俺の作ったものを食べてくれる。

それはすごく嬉しいけど、その前に、まずはアルトのことをちゃんとしないと。

何だか、すごく危険な予感がするから。

「それで？　やったのか？」

「やってない！」

ものすごく危険な予感が……。


アルトとの生活は、悪くはなかった。

最初に感じたように、『誰かと暮らす』こと、『何かをしてあげる相手がいる』こと、『家で待ってる人がいる』こと。

久々に味わうそれらのことが、幸せなことだと実感できた。

見た目はとても可愛い子供だったし。

だが、とても可愛い子供は本当に見た目だけだった。

「吉永は成人男子であろう。なのに何故セックスにそんなに距離をおこうとするのだ？　若い男は性欲の権化《ごんげ》ではないのか？　ひょっとして、不能とか？　……いや、それはないか。先日ちゃんと勃起しているのは見たしな」

想像して欲しい。

黒い艶やかな髪、濡れたように輝く黒い瞳に白い肌。ととのった顔立ちの外国人の超が付くほど可愛い子供がこんなセリフを口にするのを。

本当の子供だったら、『ナマイキ言うんじゃありません』とか、『そういうのは大人になったから考えることだろ』と叱ればいい。

けれどアルトは俺よりもずっと大人なのだ。

「そのことはもういいの。礼節ある大人はそういうことを口にするもんじゃない」

「我は礼節はわきまえておる。だからこそ、吉永のことを心配しているのだ」

たとえ大人でも、からかわれているのなら怒ることもできる。でもアルトはそれを真剣な顔で言うのだ。

本気で心配されることの方が微妙に辛いが……。

「竹垣とは何もしなかったのか？」

「してないって言ってるだろ」

「ではその気には……」

「ならなかった」

「それは嘘だな、我に吸われればその気にはなるものだ」

「……う」

「吉永はこれからずっと一人でいるのだろう？　それならば伴侶《はんりょ》を見つけるのは悪いことではないだろう。今好いた者がいるのなら、たとえ同性でもそれを対象として考えてもよいのではないか？」

まるで世話焼きのじいさんのように、俺の性生活に口を出してくるのは止めて欲しい。

あの日から、ずっとこの調子なのだから。

「相手の気持ちっていうのもあるだろ。とにかく、この話はおしまい。それより今日は平日だから念願のデパ地下に連れてってやるよ」

話題を逸らすためにそう言うと、アルトの目がパッと輝いた。

「おお、デパ地下」

そういうところは可愛いのに。

アルトの可愛いところは幾つもある。

週末は込み合うからと外出を避ける代わりに買ってやったスイーツ特集やデパ地下特集の本を、一生懸命見てるところ。

出掛けることに期待を膨らませるところ。

初めて乗った電車に感動するところ。

はしゃいでる自分に気づき、咳払いしながら『こんなことは何でもない』というポーズを作るところ。

でも可愛くないところも幾つかあった。

俺の生活に上から目線で口を挟んでくるところ。何でも知ってるふうに口をきいて、知らない俺を憐れむように見るところ。

そして金の使い方だ。

デパートへ到着すると、ちゃんとした服を買い揃えたいというので、まずは子供服の売り場へ向かった。

俺には縁のない場所だから知らなかったが、今時は有名ブランドがいっぱい子供服を手掛けていて、デザインも大人っぽく、何よりその値段がすごかった。

子供のシャツ一枚で、俺のシャツが五、六枚は買えるだろう。

それをアルトは気軽にホイホイと買うのだ。

田舎で暮らしていたからか、宅配については詳しく、持ち切れないからその辺にしておけという制止の言葉も使えない。

「俺の部屋の狭さを考えてくれよ」

と言うのがせいぜいだ。

「ちゃんと考えて買っている。大丈夫だ。ついでに小さなタンスも買う」

「タンスも？」

「吉永の部屋は何もないから、小さなタンスの一つぐらい置けるだろう。物がないというのはすっきりしていていいが、無さ過ぎるのは寂しいものだ」

大人みたいな口を……って、大人か。

店員に話しかけられれば、ソツなく『子供』のフリをする。

それもまた、何だか釈然としない。

上の階でも買い物は、概《おおむ》ねイラつくものだった。

他人が金を使うことを羨ましいと思ったことはなかったけれど、自分が稼いだわけではない金を湯水のように使うのは見ていて気分がいいものではないから。

けれど、地下の食品売り場へ向かうと、やっぱり可愛いと思ってしまう。

「ケーキがたくさんだ！」

急にそわそわして落ち着かない様子になり、ショーケースに張り付くようにして商品を眺める。

「これはお前が買ってくれた本に載ってた。まんごーの味が濃密だそうだ。あっちはオレンジのジュレとムース。知っているか？　パイナップルのことをアナナスと言うんだぞ」

アルトにとって、甘いものはただの食べ物ではなく、喜びなのだろう。

山奥。

彼が言うところではケーキ屋などなく、車で三十分以上離れた場所にある大型スーパーにあるものが全てだった。

陸太郎さんは、甘いものしか食べられない彼のために、若い頃はあちこち出掛けてくれたそうだけれど、歳を重ねると、出掛けることも少なくなってしまったそうだ。

「焼き菓子は長くもつからな、それは家に届けてもらおう」

甘いものしか食べられない生活って、どんなものだろう？

俺も甘いものは食べる。

肉も野菜も魚も食べる。

苦いもの、しょっぱいもの、辛いもの。一つの味に飽きたら別の味を求めることができる。

でもアルトにはそれができないのだ。

甘いものしか受け付けない身体は、他の味を欲しがらないのかもしれないけれど、欲し

い気持ちをたくさん持てないというのも寂しい気がする。

そう思うと、食べるものを買うことには文句はつけたくなかった。

「アメならずっともつんじゃないか？」

「歯ごたえがないからな……」

「非常食だよ」

「うむ」

「あっちに日本の銘菓《めいか》のコーナーがあったから、行ってみる？」

「行く」

俺には、アルトの気持ちはわからない。

彼の生活もわからない。

でも彼が喜ぶのを見ているのはいい気分だ。

ああ、そうか。

さっき上の階での買い物にもやもやしていたのは、彼が喜んで買い物をしていなかったからだ。

必要だとも嬉しいとも思わないものに、そんなにお金をかけるなんてもったいない、と思ってしまったのだ。

でも、こうして一つ一つに興味を持って、一生懸命吟味《ぎんみ》しながら買う姿には笑みすら浮かんでしまう。

「色々あって、嬉しい？」

と訊くと、買い物で興奮していた彼は隠すことなく「うん」と頷いた。

「デパートはたくさんあるのだろう？　明日は別のところへ行こう」

「それはダメ」

「何故だ？　吉永も仕事がなくて暇なのだろう？」

「今日買ったものを食べてからだよ。せっかく美味しいものを買ったのに、余らせたらもったいないだろ？」

「金ならある」

「お金があるからって、食べ物を粗末にしてもいいっていうことにはならない。作る人はちゃんと食べてもらいたくて作ってるんだから」

アルトは口を尖らせたが、反論はしなかった。

体力があるな、と感心してしまうほどフロアの隅から隅まで歩き回り、やっと満足して買い物終了。

ほとんどは宅配にしてもらったが、生菓子とフルーツは持ち帰ることにしたから、帰りは大荷物だった。

アルトも大きなホールのケーキの箱を持って帰宅の電車に乗る。

だがこれは俺の失敗だった。

夕方、混み始めた電車の中、小さなアルトはサラリーマンらしい男に身体を押され、大事に抱えていたその箱を落としてしまったのだ。

「あ」

小さく漏れた声と、一瞬にして曇る顔。

泣くんじゃないかと思った。

「ちょっと、あなた。何するんですか！」

思わず声を荒らげて、ぶつかってきたサラリーマンの肩を掴む。

「ああ？　何だよ」

男が手にしている携帯電話にはゲームの画面。

「子供にぶつかっておいて、ごめんなさいの一言も無しか？」

「こんなに混雑してる電車に子供なんか乗せる方が悪いんだろ。邪魔だよ」

「何だと？　携帯なんか見てるから、前方不注意でぶつかったんだろ」

「携帯なんか見てないよ。手に持ってただけだ」

「明らかに見てただろ。でなきゃ、あんたが言う子供が『大きな荷物』を持ってるっていうのに、気づかないはずがないだろ。それともわざとぶつかったって言うのか？」

「うるせぇなあ。いいがかりつけんなよ。第一、俺がぶつかったって証拠があるのか？」

「俺は見てたんだ！」

「吉永」

足元で、アルトが俺のシャツの裾を引く。

「もういい」

「よくない。悪いやつには悪いって、ちゃんと言わなきゃダメだ」

だが、俺がアルトと話をしている間に、サラリーマンは人混みをかき分け、隣の車両へ移ってしまった。

「あいつ……」

デパートであれだけ喜んでいたアルトの顔が忘れられないから、心底腹が立った。

「こっちに来い」

俺はアルトを引き寄せ、ドアの端に立たせると、自分は彼を庇うように立った。

「そんなに怒らなくてもよいのに」

「腹が立つ時は立つ。……ごめんな、俺がもっと注意してればよかった」

「よい。電車がこんなにも混むとは知らなかった。我も失念した」

アルトは平気な顔をしていたけれど、俺は箱を落とした時の顔をちゃんと見ていた。

悔しいなあ。

いい気持ちのまま、帰りたかった。にこにことした笑顔をもっと見ていたかった。

もういいと言ったのに、アパートまで戻ると、アルトは部屋に入ってすぐに荷物をテーブルの上に置いて箱を開けた。

フルーツを沢山のせたホールケーキは、大きく崩れてはいなかったけれど、箱の側面にクリームを持っていかれていた。

「……アルト」

「せっかく作ったのに、このようになっては、作った人間が可哀想だな」

作った人じゃなくて、お前が可哀想だ。

「歩き回って疲れただろう。そのケーキから先に食べちゃおうか？　アイスティー淹れてあげるよ」

「うむ」

「着替えて、手を洗っておいで。その間に他のしまって、お茶淹れるから」

「わかった」

アルトが奥の部屋へ消えると、俺はケーキの箱をキッチンに持って行って、箱に付いたクリームをこそいで、何とか形を整えようと努力してみた。

綺麗に飾られたケーキは特別なものだ。ホールのケーキなんて、俺だってめったに食べたことがない。最後に食べたのは、金回りがいい時、父親が買ってきたクリスマスケーキだった。

嫌な気分で食べるのはもったいない。

他のケーキを冷蔵庫に入れてから　ナイフを使って何とかクリームを戻し、上手くできない部分には、別に買ってきたフルーツを細かくカットして散らしてみた。

何とか形が整ったら、ガラスのグラスに紅茶を淹れ、テーブルの上にケーキと共にセッティングした。

「果物が増えてる」

着替え終わって出てきたアルトは、声を弾ませた。

「吉永がやったのか？」

「何とかね。さ、手を洗って」

よかった、喜んで貰えて。

「俺も少しもらっていい？」

「もちろんだ」

アルトはすぐに戻ってくると、ちょこんとテーブルの前に座った。

「ケーキ、自分で切る？」

「……上手くできないのだ。吉永はできるか？」

「努力してみる」

包丁をコンロで熱し、ケーキを切り分ける。

「すごい豪華になったな。売ってるのよりずっと立派だよ。見た目はアレだけど」

「吉永は盛り付けの才能が足りないのかもな」

よかった、笑ってる。

切り分けたケーキを皿に乗せ、いただきますと言ってからフォークを持つ。

アルトはちょっとケーキを眺めてから一口口に運んだ。

「ん、美味い」

それを見てから、俺も一口。

食べたことのない高いケーキは、とても美味しかった。上に乗ってるフルーツはみずみずしいし、中に入ってる酸味のあるムースはふわふわで。

「アルトが来てくれて得したな。こんなに美味しいケーキが食べられた」

「金よりもケーキなのか？」

「お金は自分で稼ごうと思えるば稼げるけど、こんな高いケーキは一人だったら絶対買わなかったたな」

「だが、今は働いてないのだろう？」

「アルバイトじゃなくて、正社員を探しているからね」

「何が違うのだ？」

「正社員だと社会保障があったり、長く働けたり、簡単にクビにされなかったりっていういいところがあるんだ。歳をとると働き口がぐっと減るんで、若いうちに長く雇ってくれる仕事を探すんだよ」

「ふうん」

わかってるのか、わかってないのか、曖昧《あいまい》な返事だな。

「竹垣のことだがな」

「もうその話は……」

「人の人生は短い。一人で生きるのは寂しいだろう。気に入った相手がいるのなら、逃さぬ方がよいと思うぞ」

静かな口調でそれだけ言うと、アルトはまたケーキを口に運んだ。

一人で生きるのは寂しい。

その一言が胸に刺さる。

自分のこととしてじゃない。アルトのことだ。

俺は、寂しくなったら新しい人間関係を築くことができる。一人で暮らしていても、行きつけのスーパーのレジのおばさんとか、大家さんとか。会社にいる時には同僚と言葉を交わすこともできた。

竹垣さんだっている。

でも、アルトにはそういう人がいないのだ。

人ではないから、知り合いを作ることができない。人のふりをして暮らしていても、子供の姿ではいつか『何故あの子供は成長しないのか？』と思われるだろう。

おかしい、と思われないためには人とは会わない方がいい。付き合いなどしない方がいい。注意を引かないよう、ひっそりとしていた方がいい。

もしかしたら、陸太郎さんはそう思って山奥に暮らしていたのかも。

元々山奥に住んでただけかもしれないけど。

「明日は荷物が届くから出掛けないけど、今度はスイーツ食べに行こうな。あの本で行きたいとこ、探しとけよ？」

「いっぱいある」

「……もうチェックしたのか」

笑ってて欲しいな。

俺の知らない苦労を知ってるアルトに。

大人でも子供でも、人間でもヴァンパイアでも。苦しい思いをした者を自分が笑わせることができるのなら。

笑っていて欲しいと、本当に思った。

色々と問題はあったけれど、俺とアルトの共同生活は上手くいっていた。

基本的に、彼は子供じゃないから何でも一人でできるし、どこへでも出掛けられる。

お金はあるから、俺の身分証明でプリペイド式の携帯電話を買い、遠くへ行かれてもちゃんと連絡が取れるようにもなった。

一応、その姿を見られてもいいように、大家さんには知り合いの子供を預かっていると説明した。

彼が外国人の容姿なので、学校へ行っていないことを怪しまれることもなかった。

生活必需品が揃ってしまうと、俺がついて行かなくても買い物にも行くようになった。

なので、俺は先のことを考えて、仕事探しに本腰を入れた。

猶予は一カ月。

アルトから今月の給料分をもらったので、その間はゆっくりと探すことができる。

短期やバイトはあるけれど、やっぱり正社員は難しい。

未経験者歓迎、学歴不問とあっても、要普通免許でハネられる。営業や接客は、今まで製造ラインで働いていた俺にはちょっとハードルが高い。

贅沢《ぜいたく》は言っていられないので、何社が面接に行ってみたが、両親がいないことを知られると、反応は芳《かんば》しくなかった。

両親健在、なんて条件は書いてなかったのに。

パソコンを持っていないのも、マイナスだった。

そうこうしている間にも一週間が過ぎ、また竹垣さんがやって来る土曜日。

今日はここでご飯を食べてくれると言っていたので、俺ははりきって料理を作って待っていた。

「アルトはご飯、どうする？　普通の料理は食べられるの？」

「食べられないことはないが、美味いとは思わない」

「竹垣さんが一緒だから、少しだけでも食べない？」

「上手くやってやるから安心しろ」

食べる、とは言わないんだ。

部屋を片付けて、料理の支度をして、お茶の用意もして、準備万端整えたところに、いつもの『会社を出た』のメールか届く。

この間のことは忘れて、今日はゆっくり話をしよう。

俺は薄い座布団を出して、竹垣さんを待った。三枚しかない座布団が、この部屋で三枚とも埋まるのは初めてだな。

と、思った時、背後に気配を感じ、俺はサッと身を引いた。

「……とと」

飛びかかろうとしていたアルトが、バランスを崩して倒れ込んでくる。

俺は慌てて彼の腕を取って押さえ付けた。

「ア、ル、ト、何してるのかな？」

「ちょっと驚かそうと思っただけだ」

「またイドを吸おうとしたんだろ」

抵抗しないから、小さい身体を押さえ込んでいることにちょっと罪悪感は感じるけど、手を放す気にはならなかった。

「ちょっとだけだ」

「何がちょっとだよ。魂胆《こんたん》は見え見えなんだからな」

「お前の背中を押してやろうというだけのことではないか」

「だから、そういうのはいいの。好きになるなら、ちゃんと好きになる。アルトの力でどうこうなってもしょうがないだろ」

「気持ちまで我がどうこうすることはできん。だが、吉永は奥手だからな。きっかけは必要だと思うのだ」

「必要ありません！」

「……わかった。では今日は何もしないと誓おう」

「絶対だぞ」

「約束したことは守る」

きっぱりとした返事を聞いて、やっと俺は手を放した。

「ホントにもう。油断も隙もないんだから」

アルトのおせっかいが、からかっているのではなく本当に親身になってくれているからだとわかっても、これぱっかりは受け入れることはできない。

竹垣さんのことは好きだけれど、身体から入るっていうのはおかしいだろう。

好感なのか、恋なのか。

彼に触れられたあの時にはパニックだったけれど、時間を置いてから考えてた。

もしあれが、竹垣さんではなく別の人だったら。俺は最後までさせただろうか？　自分でやりますから、もういいですと逃げたのではないだろうか？

いや、そんな余裕はなかった。

でも、された後で帰らないで欲しいとは思わなかっただろう。気まずくて、もしかしてこの人下心があるんじゃ、と早々にお帰り願ったに違いない。

でも、俺は帰って欲しくなかった。もっと居て欲しいと願った。

今も、彼が来てくれるのを待ち望んでいる。

それは……。

考えの途中でドアがノックされる。

「来た」

俺はアブナイ結論に結び付きそうな思考を捨て、玄関へ向かった。

「いらっしゃい」

ドアを開けると、竹垣さんが立っている。その顔に、ほっと心が和《なご》む。

よかった、来てくれた、と。

「いい匂いだな」

「お客様が来るんで頑張ったんです。どうぞ。お腹空いてます？　それとも、お茶飲みますか？」

彼を案内して中に入ると、アルトはちょこんと座ってテレビを観ていた。

いかにも『子供』という体《てい》だ。

「今晩は」

竹垣さんはアルトに声を掛けた。

「いらっしゃいませ」

いつもよりちょっと高い声で言って、ぺこんと会釈《えしゃく》する。

竹垣さんは子供好きなのか、手を伸ばしてアルトを抱き寄せると、あぐらをかいた自分の膝の上へ座らせた。

「軽いな」

芝居なのか、素なのか、アルトはちょっとびっくりした様子で、照れているように見えた。手を繋いだ時といい、どうもアルトは人と触れ合うことに照れがあるみたいだ。

「おじさんは竹垣って言うんだ。吉永の友達だ」

子供への方便だとわかっていても、竹垣さんが俺の友達と言ってくれたことがくすぐったい喜びになる。

「友達なの？　だったらもっと来ればいいのに。吉永はいつも一人だ」

……アルトのヤツ。

「アルト。家で一人でいるのは当然だろう」

「でも一日中一人でいるじゃないか。もう会社も行かないし」

「アルト！」

「会社に行かない？　具合でも悪かったのか？」

「いえ、そうじゃなくて……」

「竹垣さんは吉永のこと好き？」

ああ、もう。

「ああ、好きだぞ」

期待させるような答えを引き出しても、意味はないのに。

そう答えるに決まってる。たとえ好きじゃなくても、本人がここにいて、子供に訊かれ

たんだから。

「ふぅん。じゃいいや。また遊びに来て」

「ああ、いいとも。今度、アルトも一緒にどこか遊びに行くか？」

「オレも？」

「ああ」

「どこに？」

具体的なことを訊かれて、竹垣さんは少し困った顔をした。

「そうだな……。子供の好きそうなところはあまりわからんが、動物園とか遊園地とか、か？　行ったことあるか？」

「ない」

意外にも、アルトはちょっと興味のある顔をした。それから、俺の方を見て、こう続けた。

「……もう子供じゃないから、行ってない」

その一言で、俺には察しがついた。

陸太郎さんは、彼が子供ではないことを知っていた。長く生きていることを。だから、子供が喜ぶようなところへは連れて行かなかったのだろう。『もう子供じゃないから』という言葉で、そういう場所へ続く門を閉じてしまっていたのだ。

「オトナだって喜ぶさ。俺も、動物園なんか久々だが、行ってみたい気になった。吉永はどうだ？」

「俺も、小学校の遠足以来ですけど、行きたいな」

アルトのためらいを消すために、もしも本当に竹垣さんと一緒に行けるならと、素直に答える。

俺の言葉は狙い通りに彼の背中を押した。

「吉永も行きたいなら、行ってもいい」

少し小さな声で、彼も同意を示したから。

「約束だぞ」

「ああ。じゃ、予定に入れておこう」

「でも今日はもう寝る。昼間遊び過ぎてもう眠いんだ」

訊くだけ訊いて、アルトは竹垣さんの膝から下りると奥の部屋へ向かった。

「おやすみ」

と言って、ぴしゃりと襖《ふすま》を閉める。

「ずいぶん早く寝るんだな」

「いえ、あの……、今日はちょっと遠くへ買い物に行ったりしたから、疲れちゃったんじゃないかな。それより食事を……」

「その前に、会社に行ってないってのはどういうことだ？」

少し睨《にら》むような視線。

会社をサボッてると思われただろうか。

俺はごまかすように灰皿を取りに立ち上がり、それを竹垣さんに差し出した。

「子供を預かったから、会社に行けなくなったとかそういうことか？　押し付けられて困ってるんなら、はっきり言った方がいいぞ」

灰皿は受け取り、タバコに火は点けたけれど、そんなことぐらいでごまかされてはくれなかった。

睨む視線。

「吉永」

もう一度詰問するように名前を呼ばれ、俺は観念した。

「実は……、会社が倒産して……」

「倒産？」

咥えタバコだった彼が驚いて取り落としそうになり、間一髪で耐えた。

「それで困ってる時に、お祖母ちゃんの知り合いだったおじいさんから、報酬を出すからお迎えが来るまで預かって欲しいって頼まれたんです」

「いくらだ？」

「働いてた時のお給料と同じだけです」

「いつまで？」

「それは……、迎えが来るまでってことで……、はっきりとは。でも、連絡は取れてるみたいですし、そんなに長いことじゃないと思います」

「取れてる『みたい』だし、か。そのじいさんは何してるんだ」

「亡くなりました」

竹垣さんは長いため息をついた。

「あの、でも。ちゃんと就職先は探してるんで、返済は滞ったりさせません」

「そういうことを言ってるんじゃない」

手招きされたので、近づいて彼の前に正座する。怒られるんだろうな、と思ってるところに手が伸びてきたので、俺はビクッ、と肩を竦《すく》めた。

けれど手は、優しく俺の頭を撫でるために伸びたものだった。

「お前が危なっかしくて心配だ」

「……すみません」

「うちへ来た時も、借金をチャラにする方法があると教えたのに、律義に相続して払うと言うし。連絡先も何も簡単に教えるし、父親の保険金を分けろとも言わないし」

「でもそれは竹垣さんがかけたものですし……」

手は、いつまでも俺の頭の上にあった。子犬の毛並みを味わうように、わしゃわしゃと髪をかき回し続けている。

「遺品を売っぱらった金を寄越《よこ》せとも言わないし」

「借金の返済にあてるべきですから」

「俺みたいな男を簡単に家に上げるし」

「だって、わざわざ取りに来ていただいてるわけですし」

咥えたタバコの灰が落ちそうになって、やっと手は離れた。

「この商売をして、何人もの人間に会ってきたが、その中でもお前はとびきりのお人よしだ。無防備過ぎる」

「……すみません」

これって、ダメ出しなのかな。

「普通なら、親の借金など知らないと言うものだし、金があるなら自分にも寄越せと言うし、借金取りなんて毛虫並に嫌うもんだ。親がいなくて苦労もしてきただろうに、スレたところがない。それはいいことだが、それでももっと注意しろ」

「……はい。でも……」

「でも？」

「俺、そんなにお人よしじゃないです。本当にいい人間なら、子供を預かるのにお金なんか取らないと思います」

反論したら気分を害されるかとも思ったが、あまり『いい人間』と言われると心苦しくなってしまう。

だって、俺はこの人に『気に入られたい』って、下心を持ってるんだから。

「それぐらいはしっかりしてないと、目が離せねえよ」

でも、竹垣さんは笑ってくれた。

「無理だけはするなよ。仕事の方も、もしどうしてもいいのが見つからなかったら、うちで雇ってやってもいいんだから」

「竹垣さんのところですか？」

「金融会社は嫌か？」

「いいえ、そんな。でも俺、あんまり頭よくないから。お金を預かるような仕事は怖いかなって……」

「金勘定以外の仕事だってあるさ。どうだ？　うちに来るか？」

竹垣さんと一緒の会社。

そしたら、朝から晩まで一緒にいられる。普段の竹垣さんがどんなふうにしているのかを見ることができる。

いや、だめだ。

甘えちゃいけない。

「ありがとうございます。どうしてもダメだったら、入社試験、受けさせてください」

「試験ねえ……。どこまでも真面目だな」

「真面目なんじゃありません。支えがなくなった時のことを考えると、怖くて寄りかかることができないだけです。何度も、支えを失ったことがあるから」

お母さんがいるから大丈夫、お祖母ちゃんがいるから大丈夫、父さんがいるから大丈夫、安井のおばあちゃんがいるから大丈夫。会社に勤めているから大丈夫。

全てが、突然無くなってしまった。

この世の中に、『大丈夫』なんてものはないのだ。

「切ないセリフだな、お前が言うと」

竹垣さんは、少し寂しそうに目を細めた。

「さ、それじゃ、メシを食わせてもらうか。腹も減ってるしな」

「あ、はい」

「何作ったんだ？」

「定番ですけど、ショウガ焼きです。あと、厚揚げとインゲンの煮たのにキュウリの塩揉みと豆腐のみそ汁」

「そいつは美味そうだ。いい奥さんに……、っと、男には褒め言葉にならないな。彼女いらずだってとこか」

　この人を、優しいと感じるのはここで笑ってくれるところだ。

　初めて会った時には、おっかない人にしか見えなかった。でも、竹垣さんは無闇に怒ったり、もちろん脅したりもしない。

　俺みたいな者のことにも親身になってくれて、真面目な話をした後に、緊張を解くように笑ってくれる。

　自分のところで働かないか、と言ってくれたのも、優しいからだと思う。

　これが他の人だったら、自分のところで働いて返せって意味なのかと勘ぐるところだが、返済のことより俺の生活のことを心配してくれた竹垣さんだから、本当に親切で言ってくれたのだと思える。

「吉永は、恋人はいないいんだっけ？」

「いません」

「一度も？」

「……忙しかったんです！　竹垣さんだって……、その……、恋人とかいらっしゃらないんですか？」

「今はいないな。だんだん面倒になってきた。こうして吉永といる方が気が楽だ」

「モテる人の言葉ですね」

そうか、いないのか。

……なんで俺はホッとしてるんだろう。竹垣さんに彼女がいてもいなくても、関係ないのに。

俺の作ったささやかな料理を、彼は美味しい、美味しいと言って食べてくれた。

アルトのことも、心配してくれて、後でちゃんとメシを食わせろよと言ってくれた。

「約束通り玩具を土産に持ってきたんだ、起きたら渡してやれ」

とブロックのセットをくれた。

「困ったことがあったら、頼ってもいいんだぞ。俺の携帯の番号を教えといてやろう。いつでも連絡してこい」

頼ることなんて恐れ多くてできないけれど、竹垣さんの携帯番号は魅力的だったので、ありがたく教えてもらった。

食事が終わっても、就職のこととか、返済のこととか、アルトのこととか、色々と話をした。

それはとても楽しい時間だった。

竹垣さんがこんなに長くいてくれたのは初めてだった。いつもは長くても、お茶を飲んですぐに帰ってしまうぐらいだったので。

もしかしたら、俺の状況を憐れんで、元気づけてくれてたのかも。

「これ以上いると、酒が飲みたくなるから帰るか」

と立ち上がってからも、彼は優しかった。

玄関先まで見送った俺の頭を撫で、「お前はまだ甘えていい歳なんだ。一人で頑張らなくてもいいんだぞ」と言ってくれた。

「もう二十歳も過ぎたんですから、甘えるなんて……」

「お前は甘え下手だな。一人で生きるのはいいことだが、俺にぐらいは頼っていいんだぞ。何せ、あと二十五年は付き合う仲だからな」

まだこれからも一緒にいられる。それを彼が口にしてくれたのが嬉しかった。

「ありがとうございます。頑張って返しますね」

「プレッシャーをかけたわけじゃないんだけどな。まあ別の手も必要になったら、いつでも貸してやるからな」

「別の手？」

「…イヤ、何でもない。じゃあな」

「はい、ありがとうございました」

竹垣さんが帰ってしまうと、部屋は急に静かになってしまう。

こういうのが苦手だから、家へ人を呼ぶのが好きじゃなかった。取り残されるような感覚が辛い。

「よい男だな」

いつの間に出てきたのか、アルトはお菓子の袋を持って立っていた。

「あの男の方も、吉永に懸想《けそう》しているようではないか」

「何言ってるんだよ。そんな訳ないだろ」

「お前に足りぬのは、自信だな。我から見ても、吉永はよい子だと思うぞ」

また『子』って言った。

「いいから、起きてるなら、お風呂入りなさい。竹垣さんからお土産もらったから、今度会ったらお礼言うんだぞ」

「我を子供扱いするな」

「お互い様だ」

アルトがいつまでここにいるのか、俺は訊かなかった。もう手紙を出したのか、出しているのなら返事が来たのかどうかも。

少しずつ、アルトがいる生活が楽しくなっていたから、終わりを聞くのが怖かった。

アルトと竹垣さんと、好きなものが増えてしまった。

でもいつか、その両方が自分の手の中から消えることも覚悟しておかないと。

人生は悪いことばかりじゃないけれど、いいことがいつまでも続くわけでもないと知っていたから……。

週末は、アルトに付き合ってスイーツの店巡りをした。

わざわざ混む週末に出掛けなくても、と思ったのだが、週末限定のメニューというのがあるらしい。

アルトは相変わらず甘いものをバクバク食べていたが、俺は太るのが怖くて、そこそこにさせてもらった。

それでも、行ったことのないオシャレな店に行くのは楽しい。

月曜になると、潰れた会社の同僚が、近くまで来たからと連絡をくれたので、申し訳ないがアルトを置いて出掛けた。

本当の子供じゃないから、こういう時にはありがたい。

同僚は、新しい仕事が見つけられないことを愚痴《ぐち》った。

俺もそうだと答えると、彼は実家に帰ることを口にした。

「親父も歳だしな。田舎に戻ったら、農業やるかもな。吉永も、どこにも行く場所がなかったら来いよ」

と言ってくれた。

俺には頼る実家がないことを知っていたからだろう。

感謝の言葉を述べつつ同僚と別れてアパートへ戻ってくると、アルトはいなかった。

また買い物に出掛けているのだろう。

もう彼がいなくても、心配はしなかった。

帰ってくる、とわかっていたから。

いつかはいなくなるだろうけれど、ある日突然じゃない。迎えが来ると手紙がきて、その後だ。それまでは不安に思わなくていい。

それが証拠に、一時間ほどですぐに戻ってきた。

「便せんを買ってきたのだ」

と、買ってきたものを広げて見せてくれた。

「これから手紙を書くの？」

「うむ」

これでは、アルトがいなくなるのは、まだ先のことのようだ。

土曜日には、竹垣さんがまたお金を取りにきた。

今度はアルトも同席して、完璧に子供を演じ切った。

ブロックのお土産は嬉しかった、ありがとうと言い、竹垣さんがまた膝の上に抱き上げると、緊張した顔をしていた。

「動物園は？」

「うーん……せっかく行くなら一日かけて行きたいだろう？　今一日休みになる日を作ってるから待ってろ」

「忘れてないならいい」

「おとなしくて、聞き分けのいい子だな。この位のガキはもっと暴れまわるもんだと思ってた」

　竹垣さんは子供が好きらしく、ちょっと妬《や》いてしまうほど彼をかまっていた。

　どこから来たのか、とか、今まで何をしていたかとか。聞いてるこっちがハラハラしたが、アルトは子供らしい口調で、おじいちゃんと暮らしてた、今度は親戚のおじさんのところへ行くと答えていた。

　もしかしたら、竹垣さんの目には、俺もアルトと同じように映っているのかも。どちらも庇護すべき子供、というように。

　その考えは地味にヘコむ。

　ヘコんでから、何故ヘコんだのかに気づいて、胸がもやもやした。

　彼の視界に、一人の人間として入りたい。子供じゃなくて、肩を並べたい。そう思ってる。ではどうして対等になりたいのか？

　答えは出さなかった。

出さなくても、わかっていたから。

アルトは竹垣さんを気に入ったらしく、あまり喋りはしなかったが、今回はすぐに奥の部屋に消えたりしなかった。

考えてみれば、長くおじいさんと二人きりで暮らしていたアルトにとって、立派な大人であり優しく接する竹垣さんは初めての存在なのだろう。

竹垣さんが帰ると、本人がそう口にした。

「大柄な男は慣れん」

嫌いではない、苦手でもない。

ただ慣れていないだけなのだ。

「俺だって大人の男だぞ」

と言うと、鼻先で笑われた。

「吉永はいろんな意味でまだ大人ではないわ」

……憎たらしい。

毎日、朝起きて一緒にご飯を食べる。

俺はハローワークへ、時には就職の面接へ。アルトは留守番だけど、一人でどこかへ出掛けているらしい。

でも夕方には戻ってきて、お互い今日の成果を報告する。

俺は就職状況を、彼は今日食べたスイーツを。

俺が戻ってくるまでに帰っていない時は、携帯で連絡を入れればすぐに帰ってきた。

それから一緒に夕食をとって、風呂に入って、テレビを観て、くだらない話をしながら時間を過ごして寝る。

これが大体の日常。

食べるものは別々でも、食卓は一緒に囲むのは絶対の約束だった。一日の報告も、だ。

俺はもうアルトが好きになっていたので、彼が危ない目にあわないようにしてやりたかった。今時、吸血鬼だクイを打て、はないだろうが、珍しい実験材料とかはあり得るかもしれない。

そうさせないためには、彼に上手く生きて欲しかった。

テレビが好きらしく、テレビを観ている時は静か。

テレビ番組で好きなのは、時代劇と旅番組。子供らしからぬチョイスは一緒に暮らしていたおじいさんのせいかも。

時代劇はほとんどやらないので、ＤＶＤを借りてやったら、喜んでいた。

俺のカードを使えば借りられると教えたら、一人でも借りに行くようになった。

焼き菓子も好きだけれど、生菓子の方が好き。陸太郎さんと住んでいる時にはあまり食べられなかったから。

フルーツも好きだけれど、一番好きなのはチョコレート系。

お酒が入ってるものも好きで、アルコールは俺より強いかもしれない。身体が小さいので飲ませないようにしているけど。

肌が弱いせいか、着るものは陽《ひ》を通さぬ色の濃いものを選ぶ。

中でも黒ばかりよく着るので、黒が好きなのかと思ったら、汚れてもいいように黒を着ろと言われていたかららしい。

靴は高い革靴を買ったら、それがお気に入りだ。

驚いたのは、案外力持ちなことと、夜目が利くこと。

荷物が重たいだろうと持ってやっていたのだが、アルトが二キロのお米も軽々持つのを見て、今は自分の買い物は自分で持つようにさせている。

夜目は、利くなんてものじゃないかも。ほぼ真っ暗でも、本が読めるほどだ。耳もいいらしく、俺が帰ってくると、時々玄関先に迎えに出ていたりする。

そういうのを見ると、彼は人間じゃないんだと思うけれど、それ以外の時にはただの子供にしか見えない。

年上として扱うか、子供として扱うかを悩んだけれど、結局見た目重視で子供として扱うことにした。

言葉遣いはちょっと古臭いというか、堅苦しいけれど、ものに驚いたり感動したりする姿は子供にしか見えなかったので。

時々、本当に子供のように扱うと、彼は驚いたり戸惑ったりした。

抱き上げて、高い高いした時は可愛かったな。

からかい半分で抱き上げたら、アルトは目を丸くしていた。

高いのが怖いのかと思ったら、嬉しかったらしい。……多分。

だって、その後に『肩車というのができるか？』とおねだりしたぐらいだ。

要望に応えて肩車をしてやったけれど、あの時彼はどんな顔をしていたのだろう。頭の上で見えなかったが、笑っていただろうか？

俺も、子供の頃には肩車をしてもらったことがあった。

自分の視界の何倍も高いところから見る世界は違って見えて、興奮したものだ。

指相撲や足相撲もしてもらったな。

……悪い父親ではなかった。

全てが過ぎ去ってしまったことだから、何もかもが思い出にできる。背負わされた借金ですら、竹垣さんは不思議がっていたけれど、父親が友情に厚い人間だったという証しに思えてくる。

知らないと言って行方をくらましたりしなかったことが、誠実だと思える。

竹垣さん……。

竹垣さんは、立派な人だった。少なくても、父親に比べれば。

男前の容姿と合わせて、それだけでも憧れに値する。

でも、それだけじゃない。

あの人を優しいと感じると胸が熱くなる。

出会ったばかりの俺を信じてくれたり、身の振り方を考えてくれたり、心配してくれたりすることが嬉しい。

親切にされたことがないわけじゃないのに、あの人が示してくれる厚意に落ち着かなくなる。

竹垣さんだけが、他の人と違う。

父さんが死んで、借金背負って、大変な状況に置かれた時に優しくしてもらったからだろうか？　でもそれなら、多田さんだって親切だった。父さんの遺骨に手も合わせてくれた。

多分……、彼が『頑張った』と言ってくれたからだ。

慰めや心配をくれるだけでなく、彼だけが、認めてくれたからだ。

マラソンの応援のように、沿道から『頑張れ』と声援を受けると、走り続けなければならない。

辛くても、悲しくても、まだまだ『頑張らないと』いけないんだと思ってしまう。

でもあの人だけが、『頑張った』と、もう走らなくていいと言ってくれた気がしたのだ。

ここで一つのゴールだから、もう休んでいいと。

認めてもらえた。

そんな気がした。

俺が辛かったってわかってもらえた気がした。

自分よりもっと悪い境遇の人だっているんだから、辛いなんて言っちゃいけないと思っていたのに、それが辛いことだったと思っていいんだと言われた気がした。

ただ頭を撫でられただけなのに、凄く嬉しかった。

多分、あの時に竹垣さんを好きになったのだと思う。

アルトの言う通り、彼に恋をしているのかもしれない。

あの人にもう一度認めてもらいたくて、特別に優しくして欲しくて、優しく抱き締めてもらいたい。

あの強そうな人に、守られたい。甘えることが許されずにきたけれど、彼には甘えてみたい。

なのに対等にもなりたい。

子供扱いされたくない。

それを恋と言うなら、恋なのかもしれない。もう認めるしかないだろう。彼だけが特別なのだから。他にぴったりくる言葉がないのだから。

でも、言うなれば、初恋みたいなものだ。

いきなりベッドインとかそういう方向にまで頭が向かない。

……そりゃ、触られたけど。

思い出した途端、あの時の状況が頭の中に次々と浮かんできて、顔が熱くなる。

竹垣さんの、手が、指が、俺のズボンの中に、俺のモノに……。

慌てて頭を振って、その光景を振り払う。

考えちゃダメだ。

竹垣さんを汚してしまう。

あの人はそういう対象じゃないんだ。

触られて嬉しかったけど、感じてしまったけど、そんなふうに意識しちゃダメだ。

「何を作っておる？」

声に振り向くと、アルトがいる。

近づいて、インスタントのプリンを作っている俺の手元を覗き込む。

「プリンだ」

ちょっと弾んだ声。

「この間買ったプリンのガラス容器を洗ってとっておいただろう？　あれに入れて作るか

ら出して」

「うむ」

小さな手が、調理台の上に二個ずつガラスの容器を持ってきて、置く。

お湯で溶いたプリン液を流し込むのを、齧り付くようにじっと見ている様子が可愛い。

俺達は、上手くやっている。

きっとこれからも。

「カラメルは？　溶かんのか？」

「それは食べる時でいいだろ」

多分、別れの日が来るまで。


その日、俺はやっと見つけた新しい会社の面接に行っていた。

ビルの清掃会社で、メンテナンス管理を覚えてくれる気があるなら正社員で雇ってもいいという言葉をもらった。

ただ、経験者の人間も面接に来ていたので、ちょっと不安だった。

決まったら連絡します、というものの言葉を受けて家へ戻ると、アルトは六畳間に横になっていた。

「ただいま」

声をかけるとひょこっと起き上がる。

「寝てた？　起こしてごめん」

「寝てはおらん。今日はどうだった？」

「うん、いい感触だった。後で電話くれるって」

「せっかく竹垣が誘ってくれたのだから、あの男の会社に勤めればいいのに」

「そこまで甘えられないよ。それに、あれは社交辞令だから」

「そういう男には見えなかったがな。茶を飲むか？」

「淹れてくれるの？」

「着替えてこい。淹れてやろう」

小さな身体がキッチンに向かい、ちょっと背伸びをしながらヤカンに水を入れる。

その後ろ姿を見ながら、俺はジャージとTシャツに着替えた。

「今日も出掛けたの？」

「ああ、いつものふぁみれすに行った。顔馴染みになっての、お兄さんは来ないのかと訊かれたぞ」

「馴染みになってくれると安心だよ。変な人にからまれなくて済む」

「顔を覚えられるのはよいことではない。我は目立つようだしな」

「そりゃ可愛いもの。……っと、可愛いって言われるの、嫌？」

「別に」

キッチンを覗くと、急須にお茶っ葉を入れてるところだった。手伝いたくなるのを我慢して、じっと見守る。

もうすっかりアルトもここの生活に慣れたな。

「何を見ている」

「いや、別に。お茶を待ってるだけ」

アルトは子供扱いされることは受け入れるけれど、何かが出来ないと見なされるのは受け入れ難いようだ。

一度『出来る』と言ったことを疑われるのはシャクにさわるらしい。

だから、やると言ったことには口も手も出さないようにしていた。

お茶が淹れ終わり、彼のために買った小さなおぼんに湯飲みを乗せ、テーブルまで運んでくる。

おぼんが無事にテーブルに着地すると、「ほら」と言って湯飲みを差し出した。

「菓子を持ってきてやるから待っていろ」

彼用のお菓子は彼の部屋に置いてあるので、一旦奥の部屋へ消える。

しばらくして戻ってきたアルトの手には、見たことのない箱があった。

「それ、何？」

「チョコレートだ」

「近所じゃ売ってないよね？」

「昨日、デパートに行った」

「子供一人でって言われなかった？」

「言われたが、案ずるな、策は練った」

「策？」

「行く前にちゃんと調べて、欲しいものを紙に書いたのだ。それを見せて『おつかいだ』と言えばいい。荷物が多いと、タクシー乗り場まで持ってくれるしな」

してやったりの顔で笑う。

彼なら、上手くやるだろう。

「もうそろそろ寒くなってくるから、上着も買わないとね」

「吉永のもか？」

「俺はいいよ。持ってるから。でも、アルトは何も持って来なかっただろう？」

そういえば、どうして身一つで来たのだろう。

「荷物とか、持ってこなかったのか？」

「子供が一人で大荷物を抱えていたら、家出と間違えられるだろう。全部焼いてきた」

「焼いて？」

その答えにギョッとする。

「陸太郎は一人住まいだ。子供がいてはおかしい。どこかから拾ってきたとか、さらってきたとか思われる。誰かに見られた時は、我は時々来る知り合いの子供ということになっていた。あれでどうして、陸太郎は金持ちでな。親類縁者がうるさい」

「……それは、寂しいね」

「寂しい？」

「誰かと一緒にいた思い出を残しておけないのは、寂しいだろう？」

俺が言うと、アルトは複雑な顔をした。

「お前は変わっている」

「どこが？」

「陸太郎が想定していた『他の人間』とは違う。金も欲しがらんし、我を怖がることもせん。物を持たぬことを、もったいないではなく寂しいなどと言う。変わっている」

「そうかな、普通だよ。お金は俺のものじゃないし、アルトは少しも怖くない。物を捨てたり焼いたりしたのはもったいないと思うよ。でもそれ以上に、思い出がなくなるのは寂しいよ」

「そんなものか」

「そんなもんだよ」

アルトは……、陸太郎さんとどんな生活をしていたのだろう。

俺は孫のように可愛がられていたと勝手に思い込んでいたが、そうではなかったのかもしれない。

陸太郎さんは、彼を、大人のように扱ったんだろうか？

確か、陸太郎さんの方からアルトを欲しがったみたいなことを言ってたけど、それが真実かどうかはわからない。

俺や竹垣さんが親しく接すると照れたり戸惑ったりするということは、もしかして陸太郎さんにはそんな風に接してもらったことがなかったからかも。

この間の動物園の話の時に思ったように、陸太郎さんは彼を『大人』として扱っていたのかもしれない。

ずっと一緒にいて、抱き締められたり、手を繋いだりしないというのは寂しいものだ。

たとえ大人になっていても。

「誰か来た」

アルトが、突然険しい顔をして玄関ドアを睨んだ。

続いて、ドアをノックする音がする。

ではないが。

「そんなの、当然じゃないか、今日は土曜じゃないんだから」

まあ、ここを訪れるのが竹垣さんしかいないから、そんなセリフが出るのもわからない
ではないが。

もう一度、さっきより強くノックの音が響いて、俺はドアを開けた。

ここを訪れる人は限られてるから、きっと大家さんだろうと思ってしまったのだ。

「はい」

けれど、ドアの向こうに立っていたのは、見たこともない男の人だった。

「吉永さん？」

ノーネクタイのスーツ姿の、痩せた、肌の色の悪い男。

「そうですけど……、どなたでしょうか？」

名前を知ってるってことは、勧誘なんかじゃないと思うけれど、全く心当たりがない。

「吉永和也の息子だろう？」

父の名前を出し、男はにやりと笑った。

この切りだし方には覚えがある。多田さんが父さんの葬儀の日にやって来た時だ。

「父は亡くなりましたが……」

俺はアルトを背に隠し、奥へ行ってるように促した。

アルトは抵抗したが、強引に肩を押すと、奥へ入ってくれた。

「知ってるよ。アパート行ったらそう言われて、びっくりしたよ」

男が中に入ろうとしたので、目の前に立ちはだかる。

「勝手に入らないでください。あなた何者なんですか？」

男は足を止め、また俺を見てにやりと笑った。

「俺は田辺《たなべ》ってもんで、あんたの父親の友人だったんだ」

「……はあ」

「実はあいつには金を貸しててねぇ。それを返してもらおうと思って」

借金？

「そんなもの、あるはずありません」

だって、竹垣さんは言ったのだ。

大きいのは柱谷さんのだけで、友人達から借りた細々としたものも、みんな彼のところで纏《まと》めたと。それも、父さんの遺品を売り払った額で何とかなる程度のものだったと。

「それがあるんだよ。ちゃんと借用書も残ってる」

「嘘です」

「信じたくないのはわかるけど。ほら、こうしてちゃあんと残ってんだぜ？」

男はスーツの内ポケットから紙を取り出して、広げて見せた。

「ほら、金百万円って書いてあるだろ？　下にあるのはあんたの父親の名前だ」

確かに書かれている。けれど俺が真偽を確かめようと顔を近づけると、男はすぐにそれを畳んでポケットの中にしまってしまった。

「金、返してくんないかなぁ。アンタ、息子だろう？」

「返す気はありません。父さんの借金は、みんな竹垣金融が纏めてくれて、そちらで返済してますから」

「竹垣に返せんなら、こっちだって返せるだろう」

男はもう一度中へ入ろうとし、俺は手で押し留めた。が、今度は足を止めることなく土足のまま上がりこんだ。

「勝手に入らないでください！　人を呼びますよ！」

「出すもの出してくれりゃあすぐに帰るよ」

「お金なんかありません！」

「百万ぐらいあるだろ」

「一円だってありません。俺は今失職中なんです。貯金だって、父さんの葬式に使ってなくなりました」

男が尚も奥に入ろうとするのを何とか引き留めようと、その腕を掴む。

すると男は足を止め、俺の顔を覗き込んだ。

「一円もない？　冗談だろ。俺はここんとこあんたのことを見てたんだよ。ずいぶんあちこち出掛けて、買い物してたじゃねぇか。その上、竹垣にも金を返してるんだ。結構持ってるんだろ？」

それは……。

それは全部アルトのお金だ。だがこの男に言うわけにはいかない。

「親父の借りた金は子供が返す。当然だろ？　こっちはちゃんと借用書があるんだ、出るとこ出たっていいんだぜ」

「それなら、そうしてください。親の借金を子供が返す義務なんてないって知ってるんです。それに、もう一度その借用書、見せてください。父さんが百万ものお金を借りてたとは思えません」

「うるせえ！」

田辺は縋り付いていた俺を床へ突き飛ばし、仰向けに倒れた俺の上へ馬乗りになった。

「言い掛かりつけて逃げようってのか？　ふてぇ野郎だ」

「言い掛かりじゃない。竹垣さんが言ったんだ。確かに友人から借りてたお金はあったけど、みんな竹垣さんが纏めてくれたって。それも少額だったって」

「見逃したんだよ」

「だったら、竹垣さんに言ってください。借金のことは全部あの人に一任してるんです」

「そんな悠長にしてられるか！　俺はな、金が必要なんだ」

骨張った手が、俺の首を締める。

「くる……し……」

「吉永には色々してやったんだ。息子ならその恩返しぐらいしたっていいだろう。もうお前しか金ヅルがいねぇんだよ。百万がだめなら半分でもいい。さっさと出しな」

田辺の手が、俺の身体をまさぐった。

ポケットを探し、中へ手を突っ込む。

「下種《げす》め！　離れろ！」

その時、奥の部屋からアルトが飛び出し、田辺に頭突きを食らわせた。

「うぉ……っ！」

ポケットを探るために手を離していた田辺は、バランスを崩し俺の上から退《ど》いた。

「何しやがんだ、このガキ！」

「それはこちらのセリフだ、下郎《げろう》。お前のようなヤツは生きている必要もないだろう」

アルトの目が怪しく光る。

「何だと？　偉そうな口ききやがって」

田辺がアルトに手を伸ばす。

「まずそうだが、量はありそうだ」

アルトは、それを待っていた。笑いながら、田辺の手が自分に届くのを。食べる気なのだ。田辺を。

「だめだ！」

俺はアルトに飛びつき、自分の身体の下に抱きかかえた。

「このガキ、大人に対する口の利き方ってもんを教えてやろうか？」

背中に、鈍い痛みが走る。

「吉永、どけ。我ならばこんな男には負けん」

「だめだ。それはしちゃダメだ」

「吉永」

田辺の足が、何度も俺の背中を蹴る。

身体の下ではアルトがもがいていた。だが、彼を解放するわけにはいかなかった。

小さなアルトの身体が田辺の蹴りに耐えられるとは思えない。いいや、それだけじゃない。アルトに、『食事』ではなく人を襲わせるわけにはいかない。

アルトはまだ人の命を奪うほど人のイドを吸ったことはないはずだ。なのに、怒りで人を襲い、殺してしまったら、アルトは何か『違うもの』になってしまうかもしれない。

限度を超えることにためらいを感じなくなってしまうかもしれない。

それだけは、させられなかった。

「金出せよ！　金。纏まった金がねぇと俺がヤバイんだよ！　いつまで丸まってんだ！　金出すまで……、イッ……！」

男の、息を詰めるような声と共に、間断なく背中に与えられ続けていた蹴りが止まる。

「テメェ、何やってんだ？」

田辺のものではない、低い声。

恐る恐る顔を上げると、田辺の腕を掴んで吊り上げている大きな背中が見えた。

「たけ……がき…さん…？」

……竹垣さんだ。

竹垣さんだ！　あの人が助けてくれたんだ。

「ああ？　何やってんだって訊《き》いてんだろう」

静かな声だった。

けれど低く、凄みのある響き。

竹垣さんは、田辺の顎を捕らえ、そのまま壁に彼を押し付けた。今まで見たこともないような冷たい目。

彼がどうしてここにいるのかはわからなかった。でも、竹垣さんが来てくれたならもう安心だと、俺はアルトを抱いたまま身体を起こした。

「何って……、金だよ。そいつの親父が俺に金借りてたから、取り立てに来ただけだ」

痩せた田辺は、竹垣さんにあらがうこともできず、まるで壁に縫い止められたように身動きできない。

掴まれた顎から上はすでにうっ血し、顔色が赤黒くなっている。

「吉永が借金？　そいつはおかしいな。吉永の借金は全部ウチで固めたはずだ」

「う……ウチ？」

「難癖つけてんじゃねぇよ」

「嘘じゃねぇ、借用書だって……」

「借用書？　どこにある」

「そんなのお前には……」

「どこにある？」

田辺は更に顎を締め上げられ、慌ててその在りかを吐露する。

「う……、上着の内ポケットに……」

竹垣さんの手が田辺の上着のポケットを探り、さっきの借用書を取り出して広げた。

その間も、竹垣さんの手は田辺を縫い止めたままだ。

「ほう……、お粗末だな。『二』の下に『白』を書き足して『百』にしたか」

「ち……、違う！」

「筆圧やインクが違うだろ。詳しく調べてやってもいいんだぜ」

「そ……、そんなのは……」

竹垣さんはやっと田辺から手を離した。

手を離す、というよりその場に投げ捨てた、と言った方がいいかもしれない。痩せた身体はヘナヘナとその場に座り込み、掴まれていた顎を摩《さす》る。

しゃがみこみ、竹垣さんは手にしていた借用書を彼の目の前でゆっくりと破り始めた。

「あ……」

「ヘタな嘘ついてもらっちゃ困るな。吉永はウチの客だ。借りた金についちゃ、ちゃんと調べ上げてる。でかい取り零しはねえ」

ビリビリに破かれた借用書が、畳みの上に散る。

竹垣さんは自分の財布から一万円札を取り出すと、借用書が入っていた田辺のポケットに突っ込んだ。

「くだらねぇことしてないで、帰んな」

「てめぇ……、よくも……!」

収まらない田辺が竹垣さんに掴みかかる。

危ない、と思ったのは一瞬だった。

竹垣さんは、自分の首元に伸びてきた田辺の手を掴むと、組み合うように指を絡め、力を込めた。

鈍い、嫌な音が響く。

「ぎゃあ……！」

ダミ声の悲鳴が上がる。

「今度ここへ来たら、指の一本や二本じゃ済まねぇぞ」

ずっと、竹垣さんは冷静だった。静かで、平坦な分、恐ろしかった。

「吉永に用があるなら、竹垣に来い。ちゃあんと、俺が話を聞いてやるよ」

初めて見た時、彼をヤクザの組長のようだと思った。脅されるのではないかと、恐れていた。その時の妄想が現実となって目の前で展開されている。

彼は、田辺の指を折ったのだろう。田辺が手を押さえてのたうち回っているのがその証拠だ。暴力的で恐ろしい光景、なのに不思議と怖くはなかった。

彼が、俺を守ってくれた、という気持ちしか湧かない。

目の前に、痛みで苦しんでいる男がいるのに、同情もできない。

ただ、彼の強さに圧倒され、目を奪われるばかりだ。

「これに懲りて他人様の家に土足であがったり、暴力をふるったりするんじゃねぇぞ」

まだ喚《わめ》いている田辺の腕を掴み、強引に玄関先へ引きずってゆく。

呆然《ぼうぜん》とそれを見つめながら、胸の奥底に早くなってゆく鼓動を感じる。

こんな時に不謹慎だと思うけれど、強い彼の姿をかっこいいと思っていた。

彼は怖いほどに強い人なのだと、なのに自分には、とても優しい。あんなに冷たい目をするのに、俺には微笑みかけてくれる。

その違いが、『自分だけは特別』に扱われてる感じで嬉しいとさえ、思っていた。

竹垣さんに意識を奪われていたので、自分の腕の中にアルトがいることを一瞬忘れた。

田辺という男の出現は驚きと恐怖で、竹垣さんの初めて見た姿は心を奪われるものだったから、注意力が散漫になっていたのだろう。

アルトが『それ』をしている、と気づいたのは、小さな指の触れる感触ではなく、ざわざわとしたものが全身に走り、うなじに鳥肌が立ってからだった。

身体に熱が籠もる。

「アルト！」

気づいた時には遅かった。

「お前……」

抱いていた腕を離し彼を放す。

「適量は心得ている」

「適量って……！」

「我を身体を張ってかばった礼だとでも思ってくれればよい。吉永に必要なのはきっかけであろう」

「何がきっかけだ！」

アルトは立てなくなった俺を置いて、真っすぐに玄関へ向かった。

「アルト！」

アルトは田辺を叩き出して戻ってくる竹垣さんとすれ違った。足元を駆けてゆくアルトの肩を捕らえて竹垣さんが声をかける。

「ボウズ、どこ行くんだ？」

「オレ、ご飯食べてくる」

にっこりと笑った顔。

「一人で？」

「うん、行って来いって。もう今のヤツ、いないからダイジョーブ」

「吉永、ボウズ出していいのか？」

竹垣さんが俺に訊く。だが今の俺はそれどころではない状態だった
「ゆっくりしてってね、竹垣さん」

「一人で大丈夫なのか？」

「いつも行ってるお店に行くから平気」

そう言うと、アルトは竹垣さんの脇を擦り抜けて外へ出て行ってしまった。

俺はじんじんする股間を持て余し、何とか平静を取り繕った。

「あの……、今日はどうして……。いらしてくれて助かりましたけど……」

「ボウズから連絡が来てな。お前に新しい仕事が決まりそうだと。それで、真面目にうちに口説きに来たんだが……、どうした？」

二度目だ。

もう絶対おかしいヤツと思われる。

「吉永？」

竹垣さんが部屋に入ってくる。

近づいて、俺を見る。

最初の時もすぐにバレた。

もちろん今度も……。

「さっきの男に何をされた」

近づいてきた竹垣さんが、俺の肩を掴む。

「え……」

真剣な眼差《まなざ》しで彼が問いただす。

「背中を蹴られたけど、すぐに助けてくれたから……」

「触られたのか？　襲われたんだな？」

「襲われたっていうか……押し倒されて……」

そこまで答えて、俺は彼の誤解に気づいた。

俺がこの状態になったのは、田辺に強姦《ごうかん》されかかったからと思っているのだ。

確かに、財布を探された時、押し倒されて身体をまさぐられ、服は乱れていた。だがあれは性的な刺激などではなかった。ただの暴力だった。

でも今は、その誤解に縋るしかなかった。

でなければ、暴漢に襲われながらその気になってる変なヤツにしかならないから。

「少しだけです。それより、ア……、アルトと番号交換してたんですか？」

「メールでやり取りをな。困ったことがあっても、お前は相談に来ないだろうから、オジサンに言ってこいと。動物園の約束もあったし」

さっきだ。奥の部屋にお菓子を取りに言った時に奥でメールしたんだ。

「が来るのが遅かった」

「いえ、そんなこと、……、タイミングよくて……」

「だがお前に手を出された」

後悔するような、悔しそうな声。本当に大丈夫だったのに、こんなに心配してくれるなんて。

「そのままじゃつらいだろう」

「え？」

目の前に竹垣さんの顔が近づく。

「俺がしてやる。この間もしてやったんだから、もう慣れっこだろう？」

「そんな……。俺……、トイレに行きます。二度も竹垣さんにそんな恥ずかしい真似、させられません」

「恥ずかしくはないさ。男なら当然の生理だ」

「でも……」

「じゃあ今日は、俺のもしてくれるか？　それならお互い様だろ？」

頭が真っ白になった。

今何て言った？　竹垣さんのを？　俺がする？

「俺はまだ勃ってないが、お前が触ってくれりゃすぐに勃つ」

「え？　え？」

戸惑っている間に、彼はテーブルの端にあったティッシュの箱を引き寄せ、手を伸ばしてきた。

着替えてジャージだった俺はこの間より無防備。しかも田辺がポケットに手を突っ込んできていたから、そのジャージも半分脱げかかってるような状態で、簡単に彼の侵入を許してしまう。

ゴムのウエストから差し込まれる手。

「や……」

　掴まれて、逃げられなくなる。

「俺が来るのが遅かったから、こんな状態になったんだしな。正直、お前が悶えてる姿はそそられる。ちょっと俺もその気になった」

　何を言ってるのか、よく理解できない。思考なんか、手で握られた瞬間に飛んだ。

「あ……」

「吉永、手を出せ」

　どうしてこんなに簡単に他の人のモノを握れるんだろう。

　彼はこういうことをしょっちゅうしてるんだろうか？

「ほら、手」

　手を取られて彼の股間に引き寄せられる。

「開けて、中に手を入れて握ってくれ」

「俺……、触ったことありません……、他人のなんて」

「大丈夫、ただ握るだけだ。それ以上はしない。ほら、ファスナー下ろして」

　催眠術にかかったように彼の言葉にしたがってしまう。

　逆らって、嫌われたくないから。自分だけがしてもらうのでなく、お互いになら一方的にされる火を吹くような羞恥から逃れられる気がして。もう頭が朦朧《もうろう》として、自分が何をしてるかわからなくなって。

言い訳はいっぱいあるけれど、他にも理由があることに気づいていた。

もっと狡くて、悪い考えが。

俺が竹垣さんのに触れたら、彼は自分を子供扱いできなくなるかもしれない。こういう行為をした相手を、子供とは見られなくなるだろう。

対等な、男と男になれる。彼の視界に入れる。恋愛対象になれる。そんな打算が頭をかすめていた。

「あ……」

欲望は、アルトによって呼び起こされたもの。

でも、感じているのは素の自分だ。

竹垣さんが触ってる。竹垣さんのを触ってる。そう思うと、我慢できないほどの欲望が溢れだし、飲み込まれてしまう。

「俺のを引き出してくれ。中で出すわけにはいかないから」

熱い肉の塊を握って引き出す。

「誰にもしたことがないって？」

「……はい」

「するのもされるのも初めてをいただけて光栄だな。俺以外には、させるなよ」

笑ってる。

恥じらいも苦悩もない顔で笑ってる。

ああ、この人にとってこの行為は、俺ほどに意味はないのかもしれない。学生時代の悪ノリの延長でしかないのかも。

でも手は止まらない。

当たり前のことだけれど、自分の中にも性欲があるのだということを強く意識した。

これがリビドーを呼び起こすということなのだろうか。眠っていた欲望が揺り動かされて、『したい』という気持ちが強まる。

性的衝動だっけ？

まさに『衝動』だ。

竹垣さんと向かい合って、互いに握り合って。普段なら絶対に赤面してできないはずのことを、望んでやっている。

これが、アルトのせいだと思うと悔しかった。

竹垣さんも、俺も、自分の意思でしているのではない。俺は衝動に突き動かれて、竹垣さんは慣れていない俺が追い詰められているのを助けるためだけに、手を動かしている。

この人を、とても好きで……、好きで、好きで、堪らなくなってから求めたい。

『好き』と言葉に出して、求め合えるようになってから、熱を感じたい。

ああ、そうだ。俺は、この人が、俺を好きで、欲しくて、触れてくれたらいいのにって思っている。

「あ……」

悔しい。

恋する気持ちに気づくことさえ、他人のせいだなんて。

手に入らないと、最初からわかっていたから、ひた隠しにして見ないようにしていたものを、こんな形で暴かれるなんて。

「……っ。く……っ」

竹垣さんの言う通り、こんなこと、『大したことじゃない』。ただ欲望をスッキリさせてるだけだ。

でも俺の中には、もう消えない『恋』がある。

出して、スッキリしても、きっとその『恋』だけは残ってしまうのだ。そして、それが満足させてはもらえないことで、苦しむのだ。

憧れてるだけなら、会えるだけで満足していたのに。もうそれだけでは我慢できなくしたのだ、『アルト』が。

「あ……、だめっ」

心とは関係なく、性欲と快楽は俺を追いつめる。

「あ……、も……。ごめんなさい……、手が動かない……」

自分がイクことだけに集中して、彼に奉仕することができない。

すると竹垣さんは自分のモノと俺のモノを一緒に掴んで擦り出した。

「……ひっ」

他人の肉体が自分の敏感な場所に触れる。手よりも柔らかく、熱いものが擦り付けられる。

「……ごめんなさい」

あなたをこんなふうに好きになっていて、ごめんなさい。

竹垣さんを求めてではなく、アルトが俺を煽ったから、こんな醜態を晒《さら》すことになってしまってごめんなさい。

「竹垣さ……」

それでも嬉しいと思ってしまって、ごめんなさい。

「あ……っ」

ぎゅっ、と強く強く握られ、先端を指で押し付けられると、全身の血が逆流した。

肩がビクビクと震えると、竹垣さんがティッシュを取って二人のモノの上に落とす。

先漏れしていた場所に紙が貼りつき、そこを覆い隠す。

「あぁ……ッ」

そして、一人先にイッてしまった。

脱力した俺の手を、竹垣さんが再び彼のモノへ導く。

「もう少しだけ」

と言われ、ぎこちなく彼を握ると、少し遅れて彼の顔が歪み、ティッシュに染みが広がって中のものの形にしおれて張り付いた。

よかった。俺の手で、イッてくれた。たとえそういう対象に見られていなくても、刺激に対する反応だとしても、何かが繋がった気持ちになれた。

「……軽蔑するか？」

「それ、俺のセリフです」

寂しい。

「お前が欲情してるのにつけこんだと、怒らないか？」

「どうしてです？　俺の方こそ、これで二度目で、ものすごく淫乱《いんらん》な人間だと思われてるんじゃないですか？」

「それはもう言うな。お前は少し感じやすかっただけだ。あの男のせいじゃない。若い時は壁の穴にだって欲情するもんさ」

心が……、冷えてゆく。

今回のこの人の行為は、『暴漢に襲われた』ことを可哀想と思ってなのだ。嫌な記憶を流そうとしてるだけのものなのだ。

「本当は、お前に他所《よそ》に就職しないで、やっぱり俺のところへ来いと言うつもりで来たんだけどな」

「こんなの見ちゃったら、引きますよね」

心を殺さないと、泣いてしまいそうだ。

「そんなことはないさ。俺の方こそ、うちに就職したらこんなことばっかりされるんじゃないかって疑われそうで怖いな」

「そんなこと思いませんよ。可哀想だと思って手を貸してくれただけでしょう？」

ああ、そうか。以前『他の手も貸す』とこの人が言って笑ったのは、このことだったのか。

それぐらい、軽いことだったんだ。

「大丈夫、わかってます。でも、今日はこれで帰ってください」

「吉永」

「自己嫌悪で死にそうです。竹垣さんはそうでなくても、俺は他人にこんなことを二度も見られるなんて、あり得ないことですから。恥ずかしくて、穴があったら入りたいぐらいです」

竹垣さんは、何か言いかけて口を閉じた。

「そうか。そうだな。悪かった」

「竹垣さんが謝ることは何もありません。悪いのは……、俺ですから」

「悪いことなどひとつもない。もしこれが悪いことだと言うなら、年上の俺が調子に乗ったことが悪いんだ」

二人の間から汚れたティッシュが取り払われる。

俺は新しいのを取って、惨めな気持ちで自分のを綺麗に拭い、服を直した。

竹垣さんも、無言のまま、自分のものをしまう。

「人は、大人になるんじゃなく、大人にされる。子供扱いされてれば、何年経っても子供のままだし、早くから大人の扱いを受ければ子供でも大人にされてしまう。お前を見てると、そう思う」

「俺は大人ですか？」

「頑張って大人になろうとしている姿が痛々しい」

「子供ってことですね？」

「そうじゃない。そうじゃないが……」

結論は言わず、竹垣さんは長く嘆息した。

「土曜にまた来る。あの男のことは……」

「田辺、と名乗ってました」

「田辺のことは忘れろ。二度とここに来ないようにしておく。……ホンモノのヤクザみたいで、俺のことが怖くなったか？」

「いいえ。だって助けてくれるためだったんですから」

「そうか……。お前に嫌われなくてよかった。うちに就職する件は真面目に考えてくれ。親切ごかしじゃなく、お前が欲しいから言ってるんだってこともな」

今の自分には、その言葉がとても嬉しかった。

どんな意味でも、『欲しい』と言われたことが。

「ここんとこの俺は単なるスケベ親父だなぁ」

自嘲《じちょう》ぎみにそう言うと、彼は立ち上がった。

もう、頭を撫でてはくれない。俺も、見送らなかった。

そのまま、竹垣さんは出て行き、俺は仰向けに引っ繰り返った。

そんなんじゃない。あの人を好きでも、それは憧れだ。触れ合わなければ、その嘘を自分でも信じていられただろう。

欲望を心の奥底に閉じ込めて、ただ顔を見られればいいと笑っていられただろう。

でも、俺は感じてしまった。

快楽という意味でなく、自分が彼を求めてるという実感を。

「痛々しい、か……」

頑張ったと、認めてもらって嬉しかったけれど、彼の目には子供が背伸びしているようにしか見えなかったのかも。

借金を少額返済で済ませてもらっているのも、子供から金は取れないと思われているのかも。

情けない。

俺は何一つまともにできていない。

何一つ、手にすることができない。

悲しい。

「戻ったぞ」

切ないほどの悲しみに打ちひしがれている時、ふいにアルトの声が耳に届いた。

「竹垣が帰ったのが見えたのでな。どうだ？　今日はあやつと上手くできたか？」

無邪気な、心なしか浮かれている声を聞いた途端、心の中にドス黒いものが広がる。

「我が思うに、あれもお前に懸想していると思うのだ。だから吉永が心配する必要はない。きっと上手く……」

怒りが湧いて、起き上がると近くにあったティッシュの箱を掴んでアルトに向かって投げつけてしまった。

「うるさい！」

もちろん、当てるつもりではない。ただその口を塞ぎたかった。

「もうするなって言っただろう！　なのにわざとやったな！」

憎かった。

自分にこの苦しみを与えたアルトが。自分の淡い気持ちを砕き、無理やり苦しみを引きずり出したアルトが。

「お前なんか……、恋もしたことないだろう。人の気持ちもわからないんだ！　お前の言う通りだよ、俺は竹垣さんが好きだよ。でも、それは叶わない恋なんだ。手が届かない人なんだ。それなのにわざわざ気づかせて、苦しませて……」

悔しすぎて、涙が零れる。

言葉にすると、ああもう本当にダメなんだと思い知らされて。

「吉永は臆病過ぎるのだ。もっと自信をもって……」

「うるさいって言ってるだろ！　お前なんか、いなけりゃよかった。アルトに会わなければ、こんな辛い気持ちを知らずにいられたのに」

自分の中から溢れ出す悲しみでいっぱいだった。

他のことは考えられなかった。

手に入らないものは望まない。それが悲しまずにいる一番の方法だと思ってきた。

両親の揃《そろ》った子供、裕福な家庭。そんなものに憧れなかったのは、それを望まなかったからだ。望んでも手に入らないとわかっていたからだ。

それなら、自分で何とかできることを望もう。

そのための努力をしよう。

そうすれば『手に入る』喜びを掴むことができる。

なのに、アルトが一番手に入らないものを望ませた。努力のしようのないものを欲しがらせた。

恋をしたのは自分なのに、恋をしてることに気づかせたアルトが恨めしかった。

「出てけ！」

「吉永……」

「お前には人の気持ちなんかわからないんだ。お前なんかどっか行っちゃえ！　もう顔も見たくない！」

子供みたいに泣きながら、喚き続けた。

声を出してしゃくりあげ、突っ伏して泣いた。

竹垣さんの前で解放できなかった感情が、一気に溢れた。

これから先、俺はどんな顔をしてあの人に会えばいいんだろう。会うたびに、手に入らない苦しみを味わうのだろうか？　ずっと、二十五年も。

あの手の感触を知ってしまった後なのに、忘れろというのか。

それなら知らない方がよかった。

この気持ちも、あの手も、知らなければ楽しく過ごせていたのに。

初めての恋、初めての欲望。心に刻み付けられる感情。

苦しくて、苦しくて、泣いて吐き出さなければ心が破裂してしまいそうなほど苦しくて、俺はずっと泣き続けた。

喉が痛くなって、涙が涸《か》れるまで、ずっと突っ伏したまま泣き続けた。

どれだけそうしていたのだろう。

ようやく鼻をすすりながら顔を上げた時、俺はやっとそのことに気づいた。

アルトがいない。

玄関に立っていた小さな姿が消えている。

この時、ようやく俺は自分が何を口にしたのか気づいた。

「……アルト？」

「アルト！」

立ち上がり、奥の部屋を覗く。そこにも彼の姿を見つけられず、慌てて外へ飛び出す。

「アルト！　ごめん！　違うんだ、今のは……」

だが暗闇の中に彼の姿を見つけることはできなかった。

「違うんだ……、今のはただ悲しくて……」

自分の発した言葉が頭の中を駆け巡る。

「違うんだ……」

言い訳と謝罪が胸に広がる。

だが、それを言葉にすることはできず、伝える相手を見つけることもできなかった。

もう、どこにも……。


着替えもせず、街を彷徨《さまよ》い歩いてアルトを捜した。

いつも行くファミレスやカフェ、もうシャッターが下りてしまった商店街。大通り、駅、深夜営業のスーパー、コンビニ。

初めて出会った公園。

人にも聞き回った。

「この位の、外国人っぽい男の子を見ませんでしたか？」

けれど、誰もアルトの姿を見ていなかった。

さんざん捜し回った挙げ句、携帯電話を持たせていたことを思い出し、電話をかけたが、出てはもらえなかった。

『さっきはごめん、言い過ぎた』

『本気で言ったんじゃないんだ。感情が高ぶってただけなんだ』

『出て行けなんて本気じゃない』

『帰ってきて。言い訳させてくれ』

ショートメールを何度も打った。

けれど返信はなかった。

アルトに、行く当てなんかない。

今までいた場所には戻れず、迎えはまだ来ていないのだから。それがわかっていたのに、『出て行け』なんて、俺は何て酷いことを言ってしまったんだろう……。

夜が明けるまで、ずっと街中を彷徨い歩いた。

けれどアルトを見つけることも、その足取りに繋がりそうなものを見つけることもできなかった。

普通の子供じゃない。お金も持っている。だから大丈夫だとは思うけれど、心に付けたであろう傷は、そんなものとは関係ない。

手を繋ぐだけで照れていた、新しい菓子を見つけると喜んでいた。そんな感情豊かなアルトが、あんな言葉でどれほど傷ついたか。

俺はバカだ。

いらないと言われることが、孤独な人間にとってどれほど辛いかを知っているクセに。

『人は、大人になるんじゃなく、大人にされる。子供扱いされてれば、何年経っても子供のままだし、早くから大人の扱いを受ければ子供でも大人にされてしまう。お前を見てると、そう思う』

竹垣さんが、俺に向けた言葉が、何故か頭に浮かんだ。

アルトは……、どんな風に過ごしてきたのだろう。

俺は、アルトのことを知っているつもりになっていた。

好きなものや嫌いなもの、喜ぶものや嫌がるもの。

けれど本当は全然わかっていなかったのだ。

彼がどんなふうに生きて、過ごしてきたか。どんなことを考えていたか。

アルトの外見は子供だった、生きてきた時間は大人以上だった。けれど心は？　心はどちらだったのだろう。

外見から子供扱いされてきたただろう。陸太郎というおじいさんだって、彼を孫のように扱っただろう。

どれだけ長く生きても『子供』として生きてきたはずだ。

仕事を探したり、人との軋轢《あつれき》に悩んだり、恋をしたりなんて経験してこなかった。

知識は大人でも、経験は子供だったはずだ。

そのアルトに、俺のことをわかれという方がおかしいのだ。俺の方が、もっと彼に色々と教えてやるべきだった。

山奥から出てきて、多くの人と初めて接することができるようになった彼に、世界を教えてやるべきだった。

なのに、俺がしたことは『わからないくせに』の一言で彼を拒絶することだけだった。

俺が大人だって？

そんなことあるわけがない。

竹垣さんと対等になんてなれるわけがない。

知らないくせにと言うならば教えるべきだった。

いくら後悔してもし足りない。

一旦アパートへ戻って、アルトが帰ってきてないかを確認し、朝になると、俺は再びアルトを捜しに街へ出た。

『お前を捜しに出てる。戻ったら電話ください』とメモを残して、今度は電車に乗って遠くへと足を伸ばした。

彼が買っていたスイーツの本の、折り曲げられたページの店を片っ端から歩き回り、一緒に出掛けたデパートも行った。

けれど、彼を見つけることはできなかった。

仲良くなったと思っていたけれど、彼の方から縁を切ろうと思ったら、自分達の繋がりなんて簡単に切れてしまうのだと思い知らされる。

俺達は親戚ではない。

友情も中途半端なまま。

それでも、俺はお前が好きだったよ。

一緒にいて楽しかったよ。

本当に別れなきゃならなくなるまでは、一緒に暮らしていたいと思っていたよ。

あの時投げ付けた言葉は本心じゃない。一時の感情だ。

お前が欲しいならイドでも血でも分けてあげる。

別れは仕方がないものだとしても、こんな別れ方はいやだ。

出て行く時のお前の顔すら見られなかった。どんな顔をして出ていったのかわからなかった。そんなまま、二度と会えなくなるなんて嫌だ。

就職が決まりかけていた会社から、もう一度面接に来て欲しいと途中で電話があった。

でも、就職のことよりアルトを捜す方が大切だっから、田舎の親戚が急病で行けないと、それを断った。

仕事は『それでなきゃいやだ』というものじゃない。頑張れば他を探すこともできるだろう。でもアルトは一人しかいないから。

それでも、アルトは見つからない。

もしかして、と思って竹垣さんにもメールを打った。

『預かってる子供がいなくなってしまいました。もし、そちらに連絡があったら、心配してるから俺に連絡するように言ってください』

預かってる子供を見失うなんて、無責任なヤツと思われるかもしれない。けれどそれでもいい。アルトが見つかるなら。

しばらくすると、竹垣さんから『ケンカでもしたのか？』と返信が来た。

『俺がカンシャクを起こして、一方的に怒鳴ったんです。もし連絡がきたら、謝るからって言っておいてください』

と送ると、それに対する返事は『わかった』という短いものだった。

アルトは竹垣さんには子供の芝居をしていたのだから、連絡を取るとは思えないけれど、もうどんな微かな望みでも、すがりたかった。

徹夜して、一日中歩き回ったので、さすがにその日は寝てしまったが、寝る前に、竹垣さんから電話が入った。

田辺のことを知らせてくれる電話だった。

田辺は父の友人ではなく、父の友人が持っていた借用書をもらい、それを細工してここへ来たのだ。額面は、竹垣さんが言っていた通り、本当は一万円だった。

普通は借用書の『一』は、細工出来ないように難しい『壱』という字を使うのだが、友人とのやりとりだから、走り書きしたらしい。

当の友人は、父さんが亡くなったことで、もう金を取り立てる気はなかったそうだ。

『その後、アルトは戻ったか？』

竹垣さんに訊かれて、胸がきゅうっとなる。

「いいえ、まだ……」

詳しく話すと泣いてしまいそうだったので、その言葉しか口にできなかった。

だって、もうこの人に縋ってはいけないのだもの。泣くなんてダメだ。

竹垣さんは、電話の向こうでしばらく無言でいたが、『しっかりしたボウズだから、きっとすぐに戻ってくるさ。明日も戻らなかったら、俺もそっちへ行ってやる』と言ってくれた。

「大丈夫です。俺、自分で探します」

『頼れ、と言っただろう？』

「本当にすぐ帰ってくるかもしれませんし」

『……泣いてるのか？　声が震えてるぞ』

「いいえ、そんなことありません。大丈夫です。それじゃ」

すぐ帰ってくるかもしれない。でもずっと帰ってこないかもしれない。そのことを考えると、鼻の奥にしょっぱいものが広がって、涙が零れそうになったから、せっかくの電話はすぐに切ってしまった。

頼りたい、という気持ちが生まれる前に、竹垣さんとは距離を取らないと。

翌日も俺は彼を捜しに出た。

もう捜すアテもなかったけれど、とにかくじっとしてはいられなかった。一度捜した場所でも、タイミングが合わなかっただけかもしれないと、足を運んだ。

誰かを捜す、というのがこんなにも不安なものだというのを初めて知った。

俺は、ずっと受け身だったんだなぁ。いなくなったものを追わなかったから、こんな気持ちは知らなかった。

自分だって、知らないことはいっぱいあるのだ。

自分と『同じもの』が近くにいないまま長く生きてきたアルトはどんな気持ちだっただろう。

長く生きているのに、子供として扱われるのはどんな気持ちだったろう。

どうして俺は、『アルトの気持ち』についてもっと考えなかったのだろう……。

後悔と罪悪感。

時間を巻き戻せるなら、巻き戻したい。

けれど、そんなことは出来るはずもなく、歩いて、歩いて、歩いて、その日も終わってしまった。

手掛かり一つ見つけられないまま……。


夜になって、俺はもう一度アルトの部屋で彼の行方がわかるようなものがないかと荷物を引っ繰り返した。

お菓子と玩具、服と本。そして古いハガキ。

陸太郎さんに送られた、あのハガキだ。

ひょっとして、アルトは陸太郎さんと暮らした場所へ戻ったのだろうか？

そこに彼を待つ人はいない。家だって、取り壊されてるかもしれない。

でも、陸太郎さんと暮らした時間は、彼にとって特別なものだっただろう。

住所はY県だから、行くなら結構な電車賃がかかるけど、もう他に捜すところもないのだし、ここへ行ってみようか？

俺はスマホに住所を打ち込み、地図を呼び出した。

住所表記が古いのか、表示されたのは市までだった。範囲は広大だし、目印になるようなものもない。

一番近くを通っている鉄道は、市の端っこを掠めているだけだ。

行って、陸太郎さんの家を見つけられるだろうか？

行ってる間にアルトが帰って来たら？

悩んでいると、玄関からカチリという音が聞こえた。

ハッと顔を上げてドアを見ると、ゆっくりとノブが回る。

鍵はかけておいたが、アルトには、ここの合鍵を渡していた。大家さんや他の客ならばノックぐらいするはずだ。

俺は弾かれたように立ち上がると、玄関へ向かった。

ドアが開く。

バツの悪そうな顔のアルトがドアの隙間から覗き込む。

「アルト！」

俺は感極まって、その小さな身体を抱き締めた。

「ごめん。本当にごめん。俺が悪かった。酷いこと言った。本気じゃなかったんだ」

帰ってきた、その安堵で涙を流しながら、俺は繰り返した。

「ごめん……」

「ほらみろ、やっぱり本当に心配してただろう」

彼のものではない声が聞こえ、顔を上げると、ドアの外には竹垣さんが立っていた。

「竹垣さん……」

「お前に嫌われたから戻れないって言うんでな。付いてきたんだ」

「竹垣さんのところにいたんですか……?」

「悪かったな。メールをもらった時にはすでに口止めされてて、電話でも何も言ってやれなかった」

竹垣さんは申し訳なさそうに言うと、俺が抱き締めているアルトの頭を乱暴に撫でた。

「泣くほど心配してるって言った通りだったろう? 安心したら、先に戻ってろ」

……戻る?

「うむ。だが吉永は……」

「口出しは無用だ。口を挟み過ぎて怒られたんだろ」

「……わかった」

アルトは俺を見た。

「いなくなったりはせん。また戻ってくる。だから今は離せ」

「でも……」

「帰ってくる。……吉永が帰ってきていいと言うのなら」

「言うよ。何度だって。アルトに迎えが来るまで一緒にいよう」

アルトは少し口を尖らせ、照れたように視線を外した。

「それなら、帰ってくる」

どうして今『帰ってきた』と言わないのだろうと思っていると、竹垣さんがアルトの頭に置いた手で、彼を俺から引き離した。

「さあ、いいだろう」

腕の中から、アルトの感触が消える。

俺は竹垣さんを見上げた。

「あの……」

「こいつとの話はついただろう？　今度は俺の話だ」

「竹垣さんの？」

竹垣さんの大きな身体がアルトと入れ替わる。俺は立ち上がり、二人を見比べた。

「ではな」

そんな軽い一言だけで、アルトが開いたままのドアから外へ向かうと、俺の視線を遮断するように竹垣さんがドアを閉めた。

ドアの内側へ残った彼が、後ろ手にカギをかける。

「上がっていいな？」

強い口調で言われ、俺は頷いた。

「……あ、はい。どうぞ」

身体を横へずらし、彼を奥へ促す。

竹垣さんは、テーブルの前まで進み、どっかりと腰を下ろした。

「ここへ来い」

怒ってる……、わけじゃないよな？　でも怒ってるのかな。小さな子供を家出させるようなことをしたって。竹垣さんにとってアルトは子供だから。

俺は叱られることを覚悟で、彼の前に座った。

「アルトから話は聞いた」

「話？」

「全部、だ」

「あの……、全部って……」

「あれは、子供じゃないそうだな。普通の人間でもなく、ヴァンパイアだと言っていたが、本当か？」

アルトはそんなことまで竹垣さんに……。

本人が言ったのなら、俺が嘘をつく必要はない。

「……と、俺も聞いてます」

「血を吸う代わりに、イドという生気を吸い取るっていうのも、もう八十年以上生きてるってことも。公園で偶然お前と会って押しかけただけで、知り合いでも親戚でもないってことも」

「……はい」

「前にお前がその気になってたのは、あいつがお前の生気を吸って、その気にさせてたってことも？」

忘れたい出来事を聞かされて、俺は顔を赤らめた。

「はっきり言え」

詰問されては認めるしかなかった。違うと言ったら、『では何故だ』と追い打ちをかけられそうだったので。

「あの……、はい」

すると、竹垣さんは大きくため息をついた。

「じゃ、あれは単なる生体反応みたいなものだったわけだ」

そう言ってもらえるとありがたいけれど、どうして彼は残念そうに言うのだろう。

「それじゃ、最後に訊くが、お前が泣くほどに俺を好きだと言うのは本当か？」

「え……」

真っすぐに見つめられて、俺は返事ができなかった。

「そのことで、アルトとケンカをしたというのは本当か、と訊いているんだ」

「それは……」

「それとも、アルトの誤解か？」

何て答えればいいんだろう。

この人に、嘘をつくべきなのだろうか？　それとも本当のことを言うべきなんだろうか。

アルトがそれを言ったのなら、違うと言ったら、彼が嘘をついたということになる。そうすると、他の全ても否定されてしまうかもしれない。

アルトは……、竹垣さんを信じて全てを話したのだろう。なのにそれを否定されてしまったら……。

アルトの気持ちを考えようと決めたじゃないか。

それに、彼が好きだというのは本当のことだ。

たとえそれが理由で離れられても、この気持ちがある限り、いつかは知られることかもしれない。ならば、嘘をつきたくない。

「……はい。好きです」

俺は、それを認めた。

「……ごめんなさい」

「何故謝る」

「だって……、男に好きなんて言われるのは、迷惑でしょう？」

竹垣さんは、またため息をついた。

「あいつが言ってたが、お前は本当に鈍い男だな。俺が本当に、何とも思っていない男にイタズラすると思ってたのか？」

「え……？」

　ずっと不機嫌そうな顔をしていた竹垣さんが、困ったように笑った。

「俺は、お前が俺のことを意識して、俺が来るからその気になってるんだと思ってた。ただまだウブすぎで、それがわかってないだけなんだと。吉永はフーゾクに行ったこともないと言うし、彼女もいなかったと言ったから」

　なんで、ここで笑ったんだろう。

「時間をかけて、お前がその気になるのは俺だからで、俺とそういう関係になりたいから身体が反応するんだろうと、教えるつもりだった。……とんだ早トチリだったが」

　彼の手が、俺に伸びる。

「お前がそうなったのは、ただの反応で、俺は偶然その時に居合わせただけ。いや、アルトが言うには、あいつがわざとそのタイミングに合わせてそうしただけだった」

　俺は別に今アルトにイドを吸われてない。

　そんな気分にもなっていない。

「吉永は、俺とそういう関係になることを否定してたのに。そんなこと考えたくないと思っていたのに」

　なのに彼の手が、自分の手に少し触れただけで心臓の鼓動が早くなる。

「今は、あいつに何もされてないな？」

「は……、はい」

「俺の話を、ちゃんと聞けるな？」

「はい」

彼は、俺の手をしっかりと握った。

逃げるな、というように。

「じゃあ聞け。俺はお前が好きだ。初めて会った時から、気に入っていた。今時珍しいほど純な青年で、しっかりしてて、興味を持った。だから俺が自分でお前のところに足を運ぶことにした」

喉の奥に心臓が上がってきたみたいに苦しい。

「足繁く通って、それが上辺だけでなく、芝居でもないことがわかって、惚れた。だがお前が俺を見る目が、単なる憧れや、保護者に向けるようなものだったので、ずっと何も言えなかった。もし欲望を剥き出しにしたら、逃げて行ってしまうんじゃないかと、『いい人』を演じ続けていた」

耳鳴りがして、彼の言葉がよく聞こえない。

いや、聞こえていても、これが現実だと思えない。

「やっとお前に性の目覚めが見えて、嬉しかった。お前の無知につけこんで、お前に触れた。俺に触れさせた。吉永が欲しかったから。田辺という男がお前を蹴ってる姿を見た時には、怒りが制御出来なかった。あいつに触れられてその気にさせられたと思ったら、ただイかせるだけじゃ満足できなくて、自分にも触れさせた。他のヤツにこんなことはさせないと誓った」

だって、彼が俺を好きだったと言ってる。

俺みたいなのを、好きだと、欲しいと。

「吉永が、もっと俺に惚れて、好きだと言っても逃げないようになってから言うつもりだったが、アルトから俺の気持ちに気づくこともなく、逃げ出してると聞いて待ってるだけじゃダメだとわかった」

竹垣さんは、握った手を引っ張り、俺を引き寄せた。

「いいか、よく聞け。俺は吉永が好きだ。お前を抱きたい。その気になってる。お前が俺を好きになっても、困ることなんか一つもない。むしろ大喜びだ。諦めたりするな。お前が俺を好きだと言うなら、もう我慢はしない」

「……竹垣さん」

顔が近づく。

「お前には遠回しで言っても伝わらなさそうだから、はっきりと言ってやる。俺はお前が好きだ。だから今度は、他人のせいじゃなく、俺が欲しいからお前を抱かせろ。俺を求めて、抱かれるのが嬉しいと思って抱かれろ」

キスしそうなほど近くなって、そこで止まる。

「切羽詰まった状況だからじゃない。冗談にもしない。吉永を抱きたいから、抱かせろ。返事は？」

身体が熱い。

俺は夢を見てるんだろうか？

アルトを待ってる間に寝入ってしまったんじゃないだろうか？

こんな幸せなことがあっていいんだろうか？

「俺……、なんかでいいんですか？」

「お前がいい」

「お金もないし、仕事もないし……」

「金なら俺がある。仕事が欲しければ俺がやる」

「何にもいいところがなくて……」

「そんなもの、いくらだって言ってやる。ウブで、責任感があって、愛情深くて、状況に負けないでしっかり生きてる。みんないいところだ」

「……褒めすぎです」

「俺にはそう見えるんだから仕方がない。で？　返事は？」

せかすようにもう一度訊かれて、俺は頷いた。

「俺……、竹垣さんが好きです。本当に俺のことが好きで、俺を求めて触れてくれればいいのにって思うほど……」

目の前で、彼がにやりと笑った。

勝ち誇った顔が視界一杯に広がる。

次の瞬間、俺はこの歳で生まれて初めてキスをした。

触れる唇の柔らかさに驚き、舌が差し込まれることに驚き、竹垣さんがそのキスを与えてくれているのだということに驚きながら、目を閉じた。

誰のせいでもなく、自分の中から自然に湧き上がってくる熱を感じながら。

背中に回った彼の腕を感じながら……。


性的な知識は年相応にある。

性欲だってある。

ただ、恋人を作ることはなかった。

生きていくことに必死で、彼女を作ってる暇があったらバイトを入れてお祖母ちゃんに楽をさせてあげたいとか、学費を稼ぎたいとか、生活費を作りたいと思っていたから。

それに、お祖母ちゃんや父さんと暮らしていた時には、狭いアパートで自慰をすることもままならなかった。

フーゾクになんて、行けるほどの余裕もない。

だからキスは初めてで、他人に身体を触れられるのも、この間の竹垣さんにされたのが最初だった。

でも、望まれることに応えるという意味も、竹垣さんに抱かれるということがどういうことなのかも、わかっている。

わかっていて、抵抗はしなかった。

拒めば終わるかもしれないと思うと怖かったし、確かに自分の中に彼を求める気持ちもあったから。

長いキスから離れた唇が首筋に移る。

舌が喉を濡らすと、それだけで鳥肌が立つ。

「お……、俺……童貞なんです」

経験値がないから、満足させられないかもしれないという意味で言うと、彼は喉元で笑った。

「わかっている。彼女もいない、遊びもしない、人に握られるのも初めてのヤツが童貞でないわけがない」

「何をしたらいいのかもわからくて……」

「何もしないでいい。感じるままでいれば。……セックスがどんなものかぐらいはわかってるだろう？」

「わかってます」

さすがにそれぐらいは。

「ならいい。最後の最後で逃げ出すなんてことをしないでくれればな」

畳の上、仰向けに押し倒される。

見慣れた天井が目に映る。そこから下がる古い照明器具も。

彼の手が伸びて、ズボンの上からそこに触れる。

今日もアルトを捜しに歩き回ったまま着替えていなかったので、Ｔシャツにデニム姿のままだった。

硬いデニムの生地の上から、押し付けるように触れる手。

「まだ勃ってないな」

それを確認するためだったらしい。

でも実際はもう硬くなり始めているのが自分ではわかっていた。厚手の生地のせいで、押さえられているだけなのだ。

ファスナーが下ろされ、ボタンが外され、前を開けられる。

どういう顔をしていいのかわからず、顔を背ける。

「顔が真っ赤だ」

からかうような口調で言われた後、手は下着を下ろし、中から俺を引っ張り出した。

「……う」

デニムの圧迫から解放され、直接握られて、ソコが勃ちあがる。

竹垣さんはスーツ姿だったが、俺のモノを引き出すと、上着を脱ぎ、ネクタイを外して投げた。

覆い被さってくる身体。

でも視界は遮られない。

「……竹垣さ……っ！」

彼が倒れ込んだのは俺の下半身にだったから。

「握られるのも初めてなら、これも初めてだろう」

握られたモノに、熱い舌が触れる。

「……ひっ、あ……っ。だめ、イク……っ」

たったそれだけなのに、背骨が痛むような快感が走る。

「俺……、本当に慣れてなくて……。そんなの……」

言ってる間にも、彼の唇が触れ、先が含まれる。

「……ッ！」

温かく柔らかいものに包まれ、俺のモノは限界まで膨れ上がった。

我慢しなくちゃと思うけれど、我慢なんてできるはずがない。こんな感覚、初めてなんだから。

「あ……、あ……っ」

舌が、巻き付く。

舐められて、吸い上げられて、ゾクゾクする。

彼の歯が軽く当たり、こそげ上げられると、俺は反射的に竹垣さんの頭を押し返して口を離させた。

「ダメです！」

「いや、か？」

「そうじゃなくて……」

「ああ、イイからダメなのか」

その通りだけど、頷けない。

「……だって、口の中に出しちゃったら。……大変じゃないですか」

彼はクックッと二度を鳴らして笑った。

「出したってかまわんさ。飲んでやる」

「の……！」

驚いて声が大きくなる。

そんなＡＶみたいなこと。

「吉永は自分を『いい子』に見過ぎてると言ったが、お前も俺を『いい人』に見過ぎてるようだな。俺はもう三十を過ぎてる男だぞ」

「さ……三十ですか？」

「オッサンでびっくりしたか？」

「いえ、そういうのわかんなくて」

竹垣さんの年齢なんて、考えたこともなかった。ただかっこいい人だとしか思ってなかったから。

「若い頃からグレて悪いことして、金持ってからも遊び歩いてたような男だ。だからこそ、お前みたいな純な人間に惚れるんだ」

「俺……、純じゃないです。ＡＶだって借りてますし、会社の先輩にそういう本借りたりもしてました」

俺ってば、何張り合うようなこと言ってるんだろう。

でも、持ち上げられ過ぎると、不安だから……。

「俺が悪い男だと知ったら、嫌いになるか？」

「なりません」

「そいつはよかった。それなら何も心配するな。俺はわかっててやってることだ」

再び、彼が俺のを咥える。

「だめ……っ」

出るギリギリのところだったので、抵抗も何もできず、ゾクッと感覚が走り、俺はイッてしまった。

「……っ」

だめと思ったのに、溢れるものが止められない。

腰に力を入れても、出るものは出てしまう。

全て吐き出してぐったりしてると、竹垣さんは身体を起こした。

「早いな」

喋ってるってことは、本当に飲んだのか……。

「悪いが、これで終わりじゃないぞ」

「俺も……竹垣さんのを……？」

「してくれりゃ嬉しいが、ハードルが高いだろう」

「でもしてもらったんだし……」

「『してもらった』と言うところがお前らしいな。今のは『された』って言うんだ。お前が催促したわけじゃないんだから。お前何かローション持ってるか？」

その意味がわかって身体が強ばる。

この状態でローションが何に使われるかぐらいわかるから。

「化粧品みたいなものは何にもないです」

「オリーブオイルは？」

「そんな高いものは……。サラダ油ならありますけど」

「バターは？」

「マーガリンなら冷蔵庫に」

「マーガリンか……。まあいいな、後でいくらでも買ってやるから、使うぞ」

立ち上がって、竹垣さんが冷蔵庫へ向かう。

……するんだ。

男同士はそういうこともするって聞いてるけど。

この間見た竹垣さんの、俺より大きなモノが俺の中に……。入らなかったら、怒るだろうか？　無理やり入れられたら痛いだろうな。

でも、この人にして欲しいと思ったんだから、どんなことでも受け入れないと。

使いかけのマーガリンの容器を持って、彼が戻ってくる。

それが妙に生々しくて緊張する。

「何をするか、わかってるみたいだな」

「だから、俺、そんなに子供じゃないです」

「子供だなんて思ってないさ。思ってたら手が出せない。ズボンを脱いでくれ。それとも脱がしてやろうか？」

「じ……、自分で脱ぎます」

身体を起こし、もぞもぞとデニムを脱ぐ。

硬い布はするりと脱げた。でも脱いだものをどうすればいいのかわからなくてまごつき、きちんと折り畳んで横に置いた。

下着も脱いだ方がいいんだろうな。

下を全部脱いでしまうと、Tシャツ一枚になり、無防備でみっともない姿が恥ずかしくなる。

ペタンと座って裾を引っ張って隠すと、また笑われた。

「男同士なんだから見られたっていいだろう」

「……銭湯なんかで知らない人に見られるのと、好きな人に見られるのとは違います」

「意識されてるってことか」

「バリバリしてます」

竹垣さんがまた顔を近づけキスをする。

今度は軽く唇を合わせるだけの。

「ここからは、何を言っても止めないからな。好きなだけ声を上げていい」

片手でワイシャツのボタンを外してゆく。

筋肉質な彼の身体がだんだんと露になってゆく。

ワイシャツを脱ぎ捨て、ズボンの前を開ける。

大きくなったモノを引きだし、どうだという顔で笑う。その全ての動作がかっこいいというか、色っぽい。

その格好のままシャツの中に手を入れて、俺の胸に触れる。

指が、乳首を弄る。

俺の顔を見ながらゆっくり指を動かす。

「……う」

下を触られるよりは平気だろうと思っていたのだけれど、愛撫が続くと、また身体の中に熱が生まれる。

シャツが捲られ、指でいじっていた場所に竹垣さんの顔が近づく。

「……や……っ」

舌が……。

「ン……」

乳首を舐める。

わざと舌を伸ばして、先だけで嬲《なぶ》る。

見ない方がいいと思うのに、目が離せなくて、その光景だけで身体が震える。

もう一方の胸に指が伸びて摘《つ》まむ。

「あ……」

刺激は下半身を直撃し、萎えていたものが勃ち上がる。

また若いって言われるのかな。

俺ってこういうことが好きなんだろうか。それとも、これで普通の反応なんだろうか。

きっと、竹垣さんが上手いんだ。

どうしたら相手をこんな気持ちにさせられるか知っているんだ。

「あ……、や……」

彼が迫るから、自然とのけ反るように身体が倒れてゆく。

それはまるで胸を差し出すような格好だった。でも倒れちゃいけないんだろうな。このままでいた方がいいんだろう。

さんざん胸だけを弄られ、身体が過敏になってきたところで、竹垣さんが離れる。

「後ろを向け」

「向いて……いいんですか？」

「その方がお前が楽だ」

「……はい」

手をついて、ふらつく身体を支えながら後ろを向く。

「……あ」

腕が腹に回り、抱き抱えるように腰を上げさせられる。反動で前のめりに倒れ、手をつく。

もう、竹垣さんの姿は見えなかった。

何をしているのかもわからない。

「じっとしてろ」

と言われ、恥ずかしかったけれど、顔を伏せてじっとしていると、冷たいものが穴に押し付けられた。

「……ひっ」

固体で押し付けられたものが、指と共に中へ押し込まれる。

何とも言えない感覚が背筋を痺《しび》れさせる。

これ……、マーガリンだ。

押し込まれると、中で溶けてゆくもの。

再び塊が中に入れられる。

押し込んだ指はそのまま中に残り、まるで内側にそれを塗り広げるように動いた。

初めての感覚。

「い……、ひ……ぁ……」

意味のわからない声が漏れる。

自分の意思とは関係なく、そこの筋肉がヒクつくのがわかった。

竹垣さんの指があるんだから、締め付けちゃいけないと思うのに、力をコントロールできない。

「あ……っ、や……」

溶けたマーガリンがぐちゃぐちゃと音を立てる。

液体となって溢れ、内股を伝ってゆく。

指を残したまま、もう一方の彼の手が、前に回った。

「イきたくなったら、イッていいぞ。汚しても、俺が片付けてやる」

「そんな……、させられま……っ、あ……っ」

前が握られ、擦られる。

今までのものとは違う味わったことのある感覚は、それだけに快感を促した。

「いや……っ、あ……。変な……。あ……」

前と後ろを同時に弄られて、声が止まらない。

「たけが……、や……」

執拗《しつよう》なまでに責め立てられて、頭がおかしくなりそうだ。

指の動きに合わせて、腰が動く。

声が溢れ続ける。

また訪れた絶頂への波に、先が濡れる。

後ろの指が引き抜かれる時には、ほっとしたと同時にもの足りなささえ感じた。

だが、それもつかの間、すぐに指は二本になって侵入を始めた。

「……いっ」

一本の時よりも浅く、でも動きは複雑になって中を荒らす。

息を吐いて、力を抜こうと努力したけれど、感じるたびに力が入ってしまう。

もう膝を立てていることも難しいほどとろとろになった頃、その指も引き抜かれ、前を弄っていた手も外れた。

「我慢がきかなくて悪いな。大人なら、もっと準備してやるべきなんだろうが、今を逃したらまたお前が逃げていきそうで抑えがきかなかった」

言い訳のような言葉。

「お前と、あの小僧は似たところがある。自分なんか愛されない。親切にはしてもらえても、愛されることはないと思ってる」

　両方の手で、しっかりと腰が捕らえられる。

「そんなことはないと、お前には俺が教えてやろう。あいつには、お前が教えてやれ。俺が妬かない程度にな」

　来る、とわかった。

　入口に押し付けられたものが彼なのだということもわかった。

　でもだからと言って自分にできることは何もなく、ただきゅっと唇を噛み締めただけだった。

　肉が押し広げられ、彼が来る。

「あ……」

　せっかく噛み締めた唇が簡単に開いてしまう。

　すぐには入らないでいると、腰を捕らえていた手が離れ、入口の皮膚を引っ張るようにしてそこを広げた。

　先を咥えさせられ、ゆっくりと押し込まれる。

「あ……あぁ……」

　唇を噛む代わりに、今度は拳を握った。

　背中が反り、腰を高く上げ、何とか力を抜こうと努力する。

でも……。

意思を持ち続けていたのはそこまでだった。

「あ……ッ！」

竹垣さんが一気に身体を進めると、何もかもが飛んだ。

「……ひっ」

入ってくる。

どこまでも入ってくる。

入口付近に溜まっていた溶けたマーガリンが押し出されるように溢れる。

俺が締め付けて進めなくなると、動きが止まりまたゆっくりと進む。

それを何度も繰り返し、彼は深く俺の中へ入り込んだ。

「後ろだけじゃイけないだろう」

と繋がったまま彼が前を嬲る。

もう、何もわからない。

痛みとか、快感とか、もどかしさとか、痺れとか。

いろんなものが堰《せき》を切ったように頭の中に流れ込んできて、神経を、感覚を押し流してゆく。

あまりにたくさんの情報が流れてゆくから、全身の神経が焼き切れてしまうんじゃない

かと思った。

畳についた手が揺さぶられるたびに擦れるけれど、その痛みも感じない。

声を上げ、その合間に呼吸をし、それだけじゃ酸素が足りなくて目眩がする。

「や……、たけ……さ……。だめ……。い……っ、あ……」

後ろの痛みが、前を扱かれる快感とせめぎ合う。

奥を突かれて、筋肉が痙攣《けいれん》する。

無意識に逃げようとすると、腰を掴んで引き戻され、また突っ込まれた。

「あ……、あー……」

何もかもわからなくなった頭の片隅で、周囲の部屋に人がいなくてよかったと、変に冷静な考えが浮かんだ。

誰にも、自分の痴態《ちたい》を知られることはない。

知っているのは竹垣さんだけだ。

この人は、俺が乱れることを浅ましいともいやらしいとも思わないだろう。彼が乱暴に俺を求めることを、俺がそう思わないように。

だから、恥じらいは捨てた。

与えられる感覚を受け取ることに必死になった。

気持ちいい。

素直にそう思った。

肉体的な快楽を、好きな人とするセックスを。

「もう……、もう……」

ごまかしようのない快感がやってくる。

他の何よりも強い衝動が全てを押し流す。

俺、竹垣さんにイかされるんだ。

そのことが嬉しかった。

「あ……！」

頭が真っ白く灼《や》けて、開いた唇から吐息のように音のない悲鳴が零れた瞬間、俺はイッた。イッてしまった。

お腹の中に注ぎ込まれる熱を感じながら。

身を震わせる彼の振動を感じながら……。


全てが終わって、肉体労働をした後みたいに全身に疲労感を覚えてぐったりとしている俺を、竹垣さんは手を貸して風呂場へ連れてってくれた。

湯は張ってなかったので、シャワーを出し、身体を洗い流してくれる。

自分でやる、と言えればよかったのだけれど、その体力が残っていなかった。

少しぬるめのお湯が身体を流れてゆく。

「中まで洗うぞ」

と彼が貫いた場所に手を伸ばして初めて、俺は身体を離した。

「自分でやります」

と言って。

竹垣さんは軽く自分の身体を流し、先に出て行き、一人になってから俺も言われた通りのことをした。

どろりと自分の身体から流れ出る、自分のものではないもの。

終わった後の処理ってちょっと情けないな、と苦笑しながらも、彼が自分を抱いた証しだと思うと苦笑は笑みに変わった。

誰かに、こんなふうに愛されることなど想像していなかった。

自分が全てを差し出せる相手を見つけることも考えていなかった。

だから、あちこち軋むように感じる痛みも、喜びでしかない。

ちゃんと洗ってから風呂場を出ると、竹垣さんはタバコを吸っていた。

「あの……、お風呂空きました」

と声をかけると、彼はまた笑った。

俺はよくこの人に笑われる。

「どうやったらお前みたいな人間が育つのかね」

「……変ですか？」

「いや、いいから言ってるんだ。似たような境遇だと思ってたが、お前は俺とは違うな。そういうのを本当に『お育ちがいい』と言うんだ」

「俺は貧乏でしたよ？」

「金回りのことじゃない。躾《しつ》けのことだ。吉永は辛い目にもあったようだが、愛されて育ったんだな。だから父親の借金を背負うなんてセリフも言えたんだろう。ろくでもない父親のようだが、愛情はもらってたから」

近くに座った俺を、彼は引き寄せて胸に抱いた。

さっきまでもっとすごいことをしていたのに、それだけで胸がドキドキする。

「さて、これからのことを少し話すか」

「これから、ですか？」

「アルトには俺のマンションで待つように言ってある」

「アルトと、知らない間にそんなに仲良しになってたんですね」

少し寂しさを感じて言う。

「いや、別に。あいつは、自分が出過ぎたことをしてお前を怒らせた、俺の方がものわかりがよさそうなので、吉永を手に入れて安心させてくれと頭を下げに来たんだ」

「……え？」

「吉永が俺を好きなのに足踏みしてるから背中を押したら、余計なことをと言われた。だが絶対に竹垣は吉永を好きだろう、と。まあ図星だったわけだが。で、お前がダメなら俺の背中を押そうって気になったらしい」

「あいつ、よく、竹垣さんのマンションを知ってましたね」

「最初は呼び出されたんだ。人に聞かせたくない話があるというから、部屋へ呼んだ」

竹垣さんの部屋なんて、俺も行ったことないのに。

「そこであのヴァンパイアだとかいう話をされた。最初は笑ったが、俺も吸われたよ」

「竹垣さんも？」

彼は頷いた。

「まあ俺は慣れてるから、さっさと自分でヤッて終わりにしたけどな」

……男らしいな。

「で、めでたく話はまとまった。お前はもう俺のものだ」

言われると、何だか気恥ずかしい。

嬉しくて、むずむずしてしまう。

「そこで、だ。決まりかけてた仕事は断れ」

「それはもうダメになりました。二次の面接をアルトを捜すために断ったので」

「ほう。あいつはいい仕事をしたな。それなら問題はない、お前は俺の会社へ来い。金勘定はしなくていい。ちゃんとお前に合った仕事をさせてやる。父親の借金は会社の金だから、棒引きにはできないが、給料からの天引きにしてやろう」

俺を、ちゃんと働かせてくれるんだ。

「次に、ここを引き払って俺のところへ来い。俺と一緒に暮らすんだ」

「竹垣さんと？」

彼の吸っていたタバコが短くなり、竹垣さんはそれを灰皿で消した。

だがもう新しいものは咥えなかった。

「家賃も光熱費もタダになるぞ。ただ、俺が望む時に手は出されてもらうが。次はちゃんと準備して、もっと気持ちよくしてやろう」

「……これ以上気持ちよくなったら、失心しちゃいます」

「それはいい。男として自信が持てる」

タバコの匂いが残る唇が頬にキスをする。

俺が嫌がらないと、今度は唇に重なった。

「それでいいな？」

「俺、アルトの迎えが来るまで一緒にいたいんですけど……」

「俺の部屋は狭くはない。あんなちっこいの一人くらい、オマケについたっていいさ。中身は大人だから、遠慮ってものを知ってるだろうしな」

「……そうでもないと思います。アルトはまだ子供ですよ」

「それなら俺が教育してやろう。恋人同士がキスしたら、さっさと自分の部屋へ戻ってカギをかけとけって」

知らないことは教えるべきだ。

やっとそのことに気づいた俺と違って、竹垣さんはすぐにそう言った。

やっぱりこの人の方が大人なんだなぁと思う。

大人と子供の線引きがどこなのかはわからないけれど。

「それじゃ、今晩はどこで寝る？　俺のとこへ行くか？　ここで二人きりで過ごすか？」

「今夜は……、恥ずかしくてアルトの顔は見られません……」

だって、竹垣さんの背中を押したのがアルトなら、竹垣さんが戻ってこなかった時点でこの結果を想像しているだろう。

いかにも『しました』って後に、顔は合わせ辛い。

「でも？」

「でも……」

「それじゃあ、今夜はここで二人で過ごそう。もう少しゆっくり、これからのことを話しながら」

はい、と言う代わりに、俺の腹が鳴る。

恥ずかしくて、顔が赤くなる。

「その前に、お前に何か食わせた方がいいみたいだな」

豪快に笑われて、身が縮む思いだった。

「アルトを捜し回ってて、食事をしてなかったから……」

俺は本当にこの人によく笑われるな、と思いながら。

引っ越しは、三日後に行われた。

俺は無職でいつでも時間が余っていたけれど、荷物を纏めたり、竹垣さんの部屋の方を片付けたりする時間が必要だったので。

広くて大きなマンションに、アルトはアパートより住み心地がいいと喜んでいたが、俺は緊張した。

こんな大きなところに住んだことがなかったので。

会社へは、更にその三日後に就職することになった。

俺の仕事は接客だ。

ずっと工場勤務で人と接したことはないと言ったのだが、街金に悪いイメージを持って怯えてる老人達の相手をするのだと説明されて、頷いた。

確かに、俺は老人と話すことは得意だし、まだ若くて凄みもないから、安心させ要員としては何とかなるだろう。

意外だったのは、多田さんが俺の就職を喜んでくれたことだ。

もうきっとすっかり忘れてると思ってたのに。

「お前さんなら真面目だし、少しはいい目をみなきゃな。親父さんのことで苦労した分、幸せになんなきゃ」

と言って。

会社では、もちろん竹垣さんとずっと一緒というわけじゃない。

社長と平社員では、時々顔を合わせるくらいがせいぜいだ。

でも、家へ戻ると、アルトと三人で、まるで家族のように時間を過ごした。動物園にも行った。お弁当を作って。

そして一カ月後、遅すぎたアルトへの手紙が届いた。

「エアメールだ」

竹垣さんがアルトに差し出した封筒を見て、俺は泣きそうになった。

今感じている幸せの中に、アルトの存在もあったから。

覚悟はしていたはずなのに、寂しい。

見守る俺達の前で、アルトは封を切り、手紙を読んだ。

「クラウスからだ」

「お前の親玉か」

「親玉ではない。伯父のようなものだ」

俺は言葉を発すると涙が零れてしまいそうだったから、アルトと竹垣さんの会話を黙って聞いていた。

「それで？　その伯父さんは何だって？」

「うむ。迎えに行ってもいいと書いてある。望むなら、あちらに住む場所を用意すると」

「お前、戸籍がないんだからパスポートないだろう。どうやって外国へ行くつもりだ？」

「わからん。だがクラウスがそうすると言うなら何か方策があるのだろう」

「そいつは幾つなんだ？」

「知らん。訊いたことがない」

「……何百歳って域かもしれないわけだ」

「かもしれん」

アルトは読んでいた便せんを元どおりたたんで封筒にしまった。

迎えが来るから喜んでるのかな。

アルトは俺と離れることは寂しくないんだろうか？

でも、同族の人と暮らす方が彼のためなのかも。

決めたじゃないか、アルトの気持ちを考えようって。それが彼の望みなら、俺は笑って送り出さないと。

俺はもう一人じゃないんだし。

「それで？　お前は迎えを望むのか？」

俺の心を代弁するように、竹垣さんが訊いた。

「育つことのない子供がいると迷惑がかかるであろう」

「ずいぶん殊勝なセリフだな、だがそんなもの、どうとでもなるさ」

「なるのか？」

「お前の『伯父さん』ほどじゃないが、俺も色々できる男だからな」

にやりと笑った竹垣さんの顔に、微かな希望を見いだす。

もしかして……。

「我がここにいてもよいのか？　吉永や竹垣達と暮らしても」

アルトが少し興奮したように問い返す。

その表情を見て、アルトもここに残りたいと思ってくれているのだと確信した。

「いてよ。俺、もっとアルトと一緒にいたい。また動物園行こう、水族館も！」

だから、口を開いて、本心を告げた。

まだまだいっぱいいろんなところへ行って、いっぱい思い出を作ろう。お前が俺に竹垣さんという幸せをくれたように、俺もお前に幸せをあげたい。

「吉永がこう言うんじゃ、俺も反対はできんな」

その言葉に、アルトが子供の顔で俺達を見る。

自分の望みを口にしていいのか悩むように、その唇がもごもごと歪む。

「どうする？　チビヴァンパイア。望みは口にしないと、察してはやれないぞ？」

竹垣さんが背中を押すと、アルトは決意したように言った。

「ここに残りたい。お前達と暮らしたい！」

叫ぶように大きな声で。

「アルト」

嬉しくて、俺が抱き着くと、小さな手も俺の背中に回り、ぎゅっとしがみついた。

そうだよな。

俺達もう家族だよな。

相思相愛だ。

ずっと、いつか時間が過ぎたり、迎えがきたりして、それが許されなくなるまで、一緒に暮らそう。

「ここに残るなら、一つだけ条件がある」

けれど水を差す竹垣さんの言葉に、俺達は不安な目を彼に向けた。

ここは彼の部屋だから、竹垣さんがダメと言ったら、俺達はここに住むことはできないのだ。

彼の言葉を待って、じっと見つめていると、竹垣さんはにやりと笑って言った。

「俺が頼んだ時には、ちょっとばかり吉永を美味しく『いただいて』くれ。俺がそいつを美味しく『いただく』ためにな」

ウインクしながら。

「竹垣さん！」

「竹垣！」

「丁度いい三人組だってことさ」

言動を咎《とが》める俺達の声に、声を上げて笑いながら……。

■あとがき■

皆様、初めまして、もしくはお久しぶりでございます。火崎勇《ひざきゆう》です。

この度は、『不可思議よりも愛でしょう！』をお手に取っていただき、ありがとうございます。

イラストのあじみね朔生《さくふ》様、素敵なイラストありがとうございます。担当のH様、色々とお世話になりました。

さて、今回のお話、いかがでしたでしょうか？

ラブロマンスの真ん中に居座ってるアルト。そう、このお話の裏テーマはお子ちゃまです。（裏になってないけど……）

あまりものを知らないアルト。実は彼の設定は結構細かく決めてあるんです。拾い親のクラウスのこととかも。

なので、綺麗にまとまった竹垣と吉永と、三人で暮らしてるアルトのところにクラウスから訪日の手紙が……。

竹垣は肝の据わってる男なので普通に対応するけど、彼が吉永に手を出さないか気が気でない。吉永はアルトを連れて行かれるのでは、と心配する。

で、アルトはというと、クラウスにベタ惚れ。(笑)

構って欲しくて、構って欲しくてしょうがない。

でもクラウスはイケメンだけど疎い人なので、アルトの恋心に気づかない。

吉永は見てるうちに気づいて、微笑ましく見守るけど、竹垣は……。

悪いオッサンなので、クラウスを焚きつけそう。……それってショタになるのか?

まあ、そんなことも考えてました。

竹垣と吉永は、問題なく愛を育むでしょう。

だって、どちらかにライバルが現れたとしても、竹垣なら相手にアルトをヴァンパイアとしてけしかけたり、自ら力技に出るでしょうし。吉永は泣き暮らしても、それを見たアルトが何かしてくれるでしょうから。

まあそんな訳で、三人は三人でいれば安泰です。……多少の問題があったとしても。(笑)

それでは、そろそろ時間となりました。

またの会う日を楽しみに。皆様、ご機嫌よう。

初出
「不可思議よりも愛でしょう!」書き下ろし

この本を読んでのご意見、ご感想をお寄せ下さい。
作者への手紙もお待ちしております。

あて先
〒171-0014東京都豊島区池袋2-41-6
第一シャンボールビル 7階
(株)心交社　ショコラ編集部

不可思議よりも愛でしょう!

2016年12月20日　第1刷

著　者:火崎 勇
発行者:林 高弘
発行所:株式会社　心交社
〒171-0014　東京都豊島区池袋2-41-6
第一シャンボールビル 7階
(編集)03-3980-6337 (営業)03-3959-6169
http://www.chocolat_novels.com/
印刷所:図書印刷 株式会社